ALFRED HITCHCOCK

Es ist hingerichtet

KRIMI-KNÜLLER BAND I

Schneider-
Buch

Inhalt

Wer zuerst kommt, mahlt zuerst

Es war Freitag mittag. George Mobray war aufs höchste gereizt. Er mußte ständig an den Abend denken. Er starrte die neue Bedienung an, doch sie übersah ihn geflissentlich und kümmerte sich zuerst um die Kunden, die nach ihm gekommen waren. So schien es ihm zumindest. Schließlich stellte sie sich vor seinem Tisch auf, Bleistift und Notizblock gezückt.

„Ihre Bestellung, Sir?" fragte sie mit freundlicher, zuvorkommender Stimme.

„Sind Sie sicher, Sie finden nicht noch irgend jemanden, den Sie vor mir bedienen können?" fragte George. „Das Pärchen zum Beispiel, das gerade zur Tür hereinkommt?"

Sie lächelte ihn entschuldigend an. „Tut mir leid", sagte sie. „Wer zuerst kommt, mahlt zuerst. Ihre Bestellung, bitte?"

„Steak mit Pommes frites", erwiderte George unwirsch. „Und bitte versuchen Sie, sich an mich zu erinnern. Nicht daß Sie nach einer halben Stunde kommen und mir ankündigen, daß Sie mich vergessen und mein Steak einem anderen

Kunden gebracht haben!"

Sie hob die Brauen und sah ihm geradewegs in die Augen. „Wie könnte ich *Sie* vergessen?" murmelte sie. „Möchten Sie einen Kaffee vorweg?"

„Ja", brummte George und sah der äußerst attraktiven Kellnerin nach, die kurz darauf mit dem Kaffee und einem honigsüßen Lächeln erneut an seinem Tisch erschien.

Wenn Madge nur halb so begehrenswert und hübsch wäre... Georges Augen hafteten wie Kletten an der Wespentaille der jungen Frau. Als er sein Essen beendet hatte, gab er ihr einen halben Dollar Trinkgeld. Vielleicht, wenn alles anders wäre... Aber warum sollte er hoffen?

Acht Stunden später, als er sein Haus betrat, ließ ihn die Erinnerung an die hübsche Kellnerin seine eigene Frau noch unerträglicher erscheinen. Madge hatte schon wieder getrunken. George saß im Wohnzimmer und versuchte, sich auf die Lektüre der Zeitung zu konzentrieren. Dabei sah er ständig auf die Uhr, denn um neun Uhr mußte er fort.

Madge trat leicht schwankend ins Wohnzimmer. Sie hatte den Abwasch gemacht und dabei fleißig Gin mit Tonic getrunken. Wie George sie so ansah, wußte er plötzlich, daß er sie heute nacht töten würde.

„Ich nehme an, du gehst noch aus", sagte sie mit einem verhärmten Lächeln.

„Warum sollte ich nicht?" fragte George und sah seine Frau über den Rand seiner Zeitung an.

Sie war einige Jahre älter als er, wie viele, wußte er nicht mehr zu sagen. Ihre Romanze war nur von kurzer Dauer gewesen, damals auf der Ferien-Ranch in Kalifornien. Madge war ihm in jenem Sommer fast wie ein kleines Mädchen vorgekommen. Ein kleines Mädchen mit fünfzigtausend Dollar in Automobil-Aktien, Pfandbriefen und in bar. Sie hatte damals gesagt, sie sei vierunddreißig. Er selbst war vierzig und hatte sich beinahe schuldig gefühlt, eine zu junge Frau zu heiraten. Doch die fünfzigtausend Dollar hatten es George ermöglicht, einige höchst interessante Geschäfte zu machen, und in fünf Jahren hatte er sein beziehungsweise ihr Vermögen auf fast eine Viertelmillion hochgepäppelt.

Während dieser fünf Jahre hatte sich Madge mehr und mehr gehenlassen. Sie suchte immer seltener ihre Schönheitsfarm auf und hielt sich nicht mehr an ihren Diätplan, bis sie schließlich immer unförmiger wurde und ihr wahres Alter, irgendwo um die fünfzig, deutlich zutage trat. Manchmal wurden die grauen Wurzeln ihres so verführerisch roten Haars zentimeterlang sichtbar, weil sie selbst ihre FriseurTermine nicht einhielt. Mehr und mehr vernachlässigte sie auch ihre Schönheitscrèmes und Make-ups, und ihre Falten um Augen und Mund nahmen beängstigende Ausmaße an. Außerdem war sie immer schlampiger gekleidet und lief meist in Morgenrock und Pantoffeln im Haus herum. Heute abend fiel ihm ihr Alter ganz besonders auf.

„Manchmal denke ich, du hast mich nur wegen meines Geldes geheiratet", fauchte sie und sah ihn haßerfüllt an.

„Weißt du, was das Gute am Geld ist?" fragte George und legte die Zeitung beiseite. „Es altert nicht. Ein zerknitterter Fünfzigdollarschein ist ebenso wertvoll wie ein taufrischer."

Er räkelte sich, stand auf und sah demonstrativ auf seine Uhr.

„Und außerdem", fügte er hinzu, „wenn ich dich wirklich nur deines Geldes wegen geheiratet habe, habe ich es nicht verfünffacht, seitdem wir zusammenleben? Allein dieses Haus mit all den Antiquitäten und dem sonstigen Schnickschnack ist mehr wert als die fünfzig Mille, die du mit in die Ehe gebracht hast."

„Glaub nicht, ich durchschaue dein Spiel nicht!" schrie Madge mit lauter, sich überschlagender Stimme. „Aber versuch ruhig, dich scheiden zu lassen! Nach dem Vermögensrecht stehen mir die ursprünglichen fünfzigtausend und die Hälfte des Zugewinns zu. Vergiß das nicht!" Sie schwankte und ließ sich schwerfällig auf eine Couch fallen.

„Ich kenne mich bestens aus, meine Liebe. Da mach dir keine Sorgen", sagte George zynisch. „Übrigens warte nicht auf mich. Du brauchst dringend deinen Schönheitsschlaf, glaub mir."

Er schloß eilig die Tür hinter sich zu, und ihre schrille Stimme drang nur noch gedämpft an sein gereiztes Ohr. Er atmete erleichtert auf. In seiner Garage angelangt, strich er fast zärtlich über das glatte Holz einer Hochseeyacht. Madge hatte ihm das Boot zum zweiten Hochzeitstag geschenkt, das heißt, sie hatte von den 15 000 Dollar 3000 Dollar angezahlt. Er hatte zwar die restliche Summe selbst aufgebracht, doch der Kaufvertrag lautete auf Madges Namen. Ließe er sich also scheiden, so würde sie mit Sicherheit Anspruch auf das Boot erheben.

Aber er würde sich nicht scheiden lassen. Denn wenn sein

schwer verdientes Vermögen wie ein Kuchen zwischen Madge, ihrem Rechtsanwalt und seinem eigenen Anwalt aufgeteilt würde, dann bliebe für ihn selbst praktisch nichts übrig. Der rettende Gedanke war George vor sechs Monaten gekommen, als er fast eine Woche lang an einem See eingeregnet war.

Er hatte eine kleine Blockhütte am O'The Ozarks-See gemietet, um mit Tom Braley, Pete Bushini, Harry Hall, Don Madrick und Al Montgomery fischen und angeln zu gehen. Dann hatte das Unwetter begonnen, und sie konnten keinen Fuß vor die Hütte setzen. Tom Braley hatte seine Spielkarten mitgebracht, doch es gab Stunden, in denen selbst das Pokerspielen eingestellt wurde, und dann gab es absolut nichts zu tun.

Vor lauter Verzweiflung und Langeweile hatte sich George über verschiedene Zeitungen und Magazine hergemacht, die die Vormieter der Hütte zurückgelassen hatten. Plötzlich stieß er auf *die* Geschichte, die sein großes Problem zu beantworten schien.

Der Mord mit dem perfekten Alibi – ohne dieses wird jeder Mörder über kurz oder lang geschnappt. Das perfekte Alibi in der besagten Geschichte war ein Pokerspiel und ein genau ausgeklügelter Zeitplan, die sechs oder sieben Mitspieler würden schwören, der Mörder hätte den Tisch nie verlassen. In der Geschichte hatte der Mörder eine Hintertür gefunden, durch die er unbemerkt davonschleichen konnte, war zum Tatort gefahren und hatte in weniger als zehn Minuten wieder am Pokertisch gesessen. Der Mörder hatte sich jedoch selbst zu Fall gebracht, indem er auf dem Rückweg ein Stoppschild nicht beachtete. Das Strafmandat wurde somit seine Fahrkarte zum Schafott.

George hatte sich eigentlich niemals besonders für Glücksspiele interessiert. Er hatte auch noch nie einen der Spielsalons betreten. Er wußte nur, daß sie vom Gesetzgeber untersagt waren und sich deshalb hinter verschlossenen Türen befanden. Es war ein offenes Geheimnis, daß sich ein Spielsalon im Hinterzimmer des Friseurladens in der Dritten Straße und ein weiterer im Hinterzimmer des *Swanky Hamburger* befand. Letzterer wurde von einem hageren Kerl namens Marwin Swank geführt, der aus seinem Salon mehr Geld herausschlug als aus seinen Gummi-Hamburgern.

George suchte einen Monat lang beide Salons auf und übte sich in den fortgeschrittenen Tricks des Pokerns.

Dann wählte er den *Swanky Hamburger* als Operationsbasis, denn hier gab es einen fast nie benutzten Hinterausgang direkt neben der Toilette. So konnte er vortäuschen, das WC aufzusuchen, ungesehen herausschlüpfen, die Hintertür geöffnet lassen, solange er fort war, und nach getaner Tat die Tür wieder absperren. Das Risiko war groß. Bei einer durchschnittlichen Pokersitzung mußte man schon mindestens zweitausend Dollar Bargeld in der Tasche haben. In den fünf Monaten, die George jetzt regelmäßig spielte, hatte er jedoch im ganzen etwas mehr als siebentausend Dollar gewonnen.

Seit etwa vier Monaten spielte George regelmäßig jeden Freitagabend im Swanks-Salon, und jeden Freitagabend machte er eine Generalprobe, wie er es heimlich nannte: zur Hintertür rausschlüpfen, nach Hause und zurück fahren, sich sämtliche Stoppschilder verschiedener Routen einprägen, die Zeit abstoppen, immer bereit, bei dem geringsten Hindernis den gesamten Plan aufzugeben.

Doch es zeigte sich kein Hindernis. Und heute nacht war es soweit. Madge würde sich plangemäß bis neun Uhr in den Schlaf getrunken haben. Wenn er Glück hatte, traf er die übliche Spieler-Clique im Salon: Marvin Swank, Pete Bushini, Al Montgomery, Gordon Godlove, Niel Sorenson, Paul Korvis und vielleicht einen Neuen. Es hatte sich eine Art von Gemeinschaftsgeist unter den Stammgästen herausgebildet – gegen Neuankömmlinge. Das war verständlich. Marvin nahm von jedem Spieler pro halbe Stunde einen Dollar „für das Haus". Die Stammgäste mußten also neben dem Gewinn des Neuen, falls er gewann, auch noch die sogenannte Miete für den Abend bezahlen.

Letzte Woche hatte ein Vertreter aus einer anderen Stadt mitgespielt und fünfzehnhundert Dollar verloren. Der würde sich bestimmt nicht mehr hier blicken lassen!

George lächelte bei der Erinnerung. Er selbst hatte achthundert Dollar gewonnen...

Er stellte seinen Wagen auf dem Parkplatz eines in einer Seitenstraße gelegenen Supermarktes ab. So würde er von dem Hinterausgang des *Swanky Hamburger* gleich in sein Auto schlüpfen können, ohne von der Hauptstraße aus gesehen zu werden. Es standen noch weitere Wagen auf dem Parkplatz, obwohl der Supermarkt um sieben Uhr abends schloß. George trat auf den Gehsteig und lief an den beleuchteten Schaufenstern des Lebensmittelgeschäfts vorbei zum *Swanky Hamburger*.

Das Lokal war gerammelt voll. George bahnte sich einen Weg zu der Tür mit der Aufschrift *Privat*. Er stieß sie auf und trat in den Salon.

„He, George, alter Angler-Kumpane", rief ihm Pete Bushini vom anderen Ende des Raumes zu.

„Hallo", sagte George und hob grüßend die Hand.

Das Spiel hatte noch nicht begonnen. Außer Marvin und Pete waren nur Al und Paul da.

„Wir sind nur fünf heute", sagte Marvin Swank. „Wir können also anfangen."

Das Spiel nahm schon bald ernste Formen an. George begann mit einem Einsatz von fünfzig Dollar, und die Spieler verstummten. Er hätte es in Kauf genommen, ein paar Tausender zu verlieren, doch er gewann laufend.

Bis Mitternacht hatte jeder zweimal das gewisse Örtchen aufgesucht, und George war sich ziemlich sicher, daß niemand später würde sagen können, wann und wie lange die einzelnen Teilnehmer den Pokertisch verlassen hatten.

Er stieg aus dem Spiel aus, obwohl er mit seinem guten Blatt sicherlich gewonnen hätte. Er besaß nämlich drei Asse. Doch er mußte die Runde unbeachtet verlassen. Nichts durfte darauf hindeuten, daß er gegangen war. Und er mußte unter allen Umständen zurück sein, bevor er erneut mit dem Austeilen an der Reihe war. Dann würde Al Montgomery, der zu seiner Rechten saß, beschwören können, daß er,

George, nicht einmal während des ganzen Abends beim Geben gefehlt hatte.

Er schob seinen Stuhl zurück, stand auf und hastete den kleinen Gang entlang, der zum Toilettenraum und zu der Hintertür führte. Unterwegs streifte er sich, wie jedes Mal, seine Handschuhe über. Nicht ein Fingerabdruck von ihm würde auf der Tür zu finden sein. An der WC-Tür hielt er kurz an und verschloß sie mit einem Dietrich. Jeder, der die Tür zu öffnen versuchte, würde denken, der Toilettenraum sei besetzt.

Lautlos öffnete er das Schloß der Hintertür und schlüpfte auf die Gasse hinaus. Dann eilte er zu seinem Wagen. Der Motor sprang auf der Stelle an.

Die Straße, in die er einbog, war völlig leer, keine Autos, keine Fußgänger.

Er fuhr knapp unter der Geschwindigkeitsbegrenzung von fünfundzwanzig Meilen. Mit der linken Hand zog er eine Pistole aus dem Versteck unter seinem Sitz und wickelte sie aus der Plastikhülle.

Fünf Häuserblocks in nördliche Richtung, ein Stopp-schild, dann vier Blocks nach Osten und noch mal zwei Blocks in Richtung Norden. Fünfzig Meter vor seinem Haus brachte er den Wagen zum Stehen. Er stieg aus und hastete die Straße entlang. Keines der Fenster in der Nachbarschaft war erleuchtet. Noch immer mit Handschuhen bekleidet, öffnete er die Eingangstür und schlüpfte ins Haus.

Im Schlafzimmer vergewisserte er sich, daß die Vorhänge zugezogen waren, dann erst schaltete er das Licht an. Madge lag, Arme und Beine weit von sich gestreckt, auf dem Bett und gab regelmäßige Schnarchtöne von sich. Mit einem Ausdruck von Ekel zielte George auf die Mitte ihres transparenten gelben Négligés und drückte ab.

Er steckte die Waffe in seine Westentasche, hievte den leblosen Körper seiner Frau auf die Seite und zog die Bettdecke gänzlich zurück. Es sollte so aussehen, als sei sie aufgewacht und hätte versucht, aus dem Bett zu steigen. Er streifte ihr die Diamantenringe von den Fingern, leerte ihr Schmuckkästchen auf der Frisierkommode aus, suchte die wenigen wirklich kostbaren Stücke heraus und ließ sie, zusammen mit den Ringen, in seiner Tasche verschwinden.

Er huschte dicht an den Häuserwänden entlang zu seinem Wagen zurück. In einem oder zwei Häusern waren Lichter angegangen. Offensichtlich hatten mehrere Nachbarn den Schuß gehört. George machte die Scheinwerfer erst an, nachdem er die zweite Querstraße passiert hatte.

Er stoppte an einer Kreuzung, um Pistole und Schmuck in einem Schacht der Kanalisation verschwinden zu lassen. Als er wieder im Wagen saß, atmete er erleichtert auf. Es war doch eine größere nervliche Anspannung gewesen, als er vorausgesehen hatte. Auch ein größeres Risiko. Was, wenn einer der Nachbarn wach gewesen war, ohne das Licht eingeschaltet zu haben, den Schuß gehört und ihn später auf der Straße erkannt hatte? Jetzt, nachdem die Tat vollbracht und nicht mehr rückgängig zu machen war, fielen George mehrere Lücken in seinem Plan auf.

Als er auf den Parkplatz des Supermarktes einbog, sah er

auf seine Uhr und stellte zu seiner Überraschung fest, daß er nur sechs Minuten gebraucht hatte. Das war eine halbe Minute weniger als bei den übrigen Proben! Er konnte es nicht fassen. Es mußten Stunden verstrichen sein. Ein so bedeutendes Kapitel eines Menschenlebens konnte doch nicht in sechs Minuten abgeschlossen sein.

Er hastete das Gäßchen entlang zur Hintertür und öffnete sie vorsichtig. Fast glaubte er, die Polizei – ja die ganze Stadt – müsse drinnen auf ihn warten. Doch nichts rührte sich.

Er schloß die Tür zum Toilettenraum auf, trat hinein und warf einen prüfenden Blick in den Spiegel. Da stand er nun, sah seinem mörderischen Spiegelbild in die Augen und versuchte, sich oder ihm Mut zu machen. Eigentlich gab es nichts zu befürchten, bis auf die Furcht selbst. Furcht und Unsicherheit allein konnten ihm zum Verhängnis werden.

Er verließ das WC und trat so lässig wie möglich ins Pokerzimmer. Mit Erleichterung und Erstaunen nahm er zur Kenntnis, daß das Spiel noch immer voll im Gange war. Niemand schaute zu ihm auf, als er am Tisch Platz nahm. Niemand fragte, wo er gewesen war. Niemand musterte ihn mißtrauisch. Automatisch wurden ihm die Karten zugeschoben.

Nach zehn Minuten war er sicher, daß keinem der Spieler seine Abwesenheit aufgefallen war. Langsam entspannten sich seine Nerven, und er beschloß, die beiden guten Spiele, die er ausgelassen hatte, auszugleichen. Obwohl er blank war, spielte er zwei Runden und gewann mit diesem Bluff beide Male, weil seine Mitspieler ausstiegen.

Die Stunden schleppten sich dahin. George stellte sich Madge vor, ihren massigen Körper, der wie ein Mehlsack auf dem Bett lag. Die Leichenstarre mußte bereits eingesetzt haben, und der Gerichtsmediziner würde feststellen, daß sich der Mord in einer Zeitspanne ereignet haben mußte, in der er, George Mobray, laut Zeugenaussage von vier Mitspielern, den Pokertisch nie verlassen hatte.

Nach und nach überkam ihn ein wohliges Prickeln, ein Gefühl, das er seit Jahren nicht mehr gekannt hatte. Und es war nicht seine Glückssträhne, die diese innere Gelassenheit in ihm hervorrief. Es wäre ihm kaum schlechter gegangen, hätte er ein Spiel nach dem anderen verloren. Nein, die Ursache für sein Wohlbefinden beruhte einzig und allein auf der Tatsache, daß Madge tot war.

George fühlte sich fast trunken vor Erleichterung, wenn auch das Schlimmste noch vor ihm lag, das Auffinden der Leiche, das Benachrichtigen der Polizei, das Beantworten ihrer Fragen. Alles mußte so ablaufen, daß nicht der geringste Verdacht auf ihn fiel.

Er hatte Mühe, sich seine hervorragende Laune nicht anmerken zu lassen. Zum Glück war er der große Gewinner des Abends. Sonst hätten sich die anderen bestimmt über sein verändertes Verhalten gewundert.

Gegen vier Uhr sah er sich die Spielerrunde noch einmal genau an. Er war tatsächlich der einzige Gewinner. Selbst Marvin Swank hatte ein paar Hunderter verloren und kaute verbissen auf seiner Zigarre herum. Pete Bushini war um einen Tausender erleichtert, und Al Montgomery trauerte mindestens fünfhundert Dollar nach. Keiner nannte ihn weiter seinen „alten Angler-Kumpanen".

Gegen vier Uhr dreißig, als George mit drei Königen gegen Al Montgomerys Flush einen Topf mit sechshundert Dollar gewann, trat Al ab.

„Mir reicht's für heute nacht", sagte er verdrießlich.

„Sollen wir aufhören?" fragte Marvin.

„Wieso?" rief George, dem der Gedanke an die bevorstehenden Stunden nicht gerade behagte. „Die Nacht ist jung – und seht euch all die netten Chips an, die ich in meinen Armen halte." Er legte seine Arme um den Berg Poker-Chips, die er vor sich aufgestapelt hatte, und grinste.

„Einmal muß auch deine Glückssträhne aufhören", brummte Pete Bushini.

Also wurde weitergespielt, nachdem Al gegangen war.

Um Viertel vor sechs meinte Marvin Swank: „Du hast dich geirrt, Pete. Dies ist Georges Nacht, daran ist nun mal nichts zu ändern. Laß uns lieber aufhören. Nächste Woche wird einer von uns gewinnen."

Marvin löste die Chips ein. George, der sich nicht entschließen konnte zu gehen, nahm eine letzte Tasse Kaffee zu sich. Er war plötzlich ziemlich nervös. Die Leiche „auffinden", um sechs Uhr morgens die Polizei anrufen, die verschiedensten Fragen beantworten...

„Wie wär's mit einem Schlummertrunk bei mir zu Haus?" fragte George Marvin Swank, nachdem die anderen gegangen waren.

„Ohne mich", sagte Marvin. „Vergiß nicht.

Laden in ein paar Stunden wieder öffnen muß. Ich werde ein kleines Nickerchen auf meinem Feldbett machen, sonst falle ich noch tot um." Er war offensichtlich nicht in der besten Stimmung.

„Okay", meinte George, verstaute seinen Gewinn in seiner Geldbörse und verabschiedete sich.

Er schlenderte zum Parkplatz. Der Himmel begann sich langsam zu verfärben, und eine kühle Brise kam auf. Als George durch die menschenleere Straße fuhr, wünschte er plötzlich, der ganzen Geschichte den Rücken kehren und ein neues Leben beginnen zu können. Doch dazu war es jetzt zu spät. An Flucht war gar nicht zu denken. Damit würde er sich nur sein eigenes Grab schaufeln.

Als er langsam in seine Straße einbog, stockte ihm der Atem. Auf dem Gehsteig vor seinem Haus parkte ein Polizeiwagen. War Madges Leiche bereits entdeckt worden? Hatten die Nachbarn den Schuß gehört und die Polizei alarmiert?

Um so besser, dachte er bei sich. So blieb ihm das Auffinden der Leiche und Benachrichtigen der Polizei erspart. Er bog in die Einfahrt, ohne den Polizeiwagen zu beachten, und fuhr in die Garage.

Er schloß die Verbindungstür zwischen Garage und Küche auf und rechnete damit, eine ganze Hundertschaft von Polizisten in seinem Haus vorzufinden. Doch alles war still, bis auf das Ticken der Standuhr und der Kaminuhr. Madge hatte unter anderem auch Uhren gesammelt.

Hastig ging George zum Herd und setzte einen Kessel mit Wasser auf. Im selben Augenblick läutete es an der Haustür.

Er durchquerte das große Wohnzimmer und öffnete die Tür. Zwei Polizisten standen im Eingang.

„Schönen guten Morgen!" sagte George betont freundlich. „Treten Sie ein. Am besten kommen Sie mit in die Küche. Ich bin gerade dabei, einen Kaffee zu kochen. Meine Frau schläft noch." Er lächelte und fügte hinzu: „Ich komme gerade erst nach Hause. Hab eine anstrengende Nacht hinter mir, eine Pokernacht, wissen Sie?"

„Ja", erwiderte einer der Polizeibeamten. „Wir wissen Bescheid. Wir warten schon seit ein paar Stunden auf Sie. Ich glaube, es wäre keine schlechte Idee, wenn wir ein Täßchen mit Ihnen trinken könnten."

Sie folgten George in die Küche.

Das Wasser kochte inzwischen. George stellte den Kessel ab und goß das sprudelnde Wasser in den Kaffeefilter. Dann holte er drei Tassen, Löffel, Zucker und Milch und deckte den Tisch. Vielleicht sollte er auch die Rosinenbrötchen anbieten, die Madge gestern fürs Frühstück gekauft hatte. Er ging zum Brotkasten und holte auch noch Butter aus dem Kühlschrank.

Warum sagten die Polizisten kein einziges Wort? Hatten sie Madges Leiche bereits fortgeschafft? Waren sie hiergeblieben, um ihm die Nachricht schonend beizubringen?

„Was war das für eine Glücksnacht", schwärmte George. „Von dem Geld könnte ich meiner Frau glatt einen neuen Nerzmantel kaufen. Ich hätte sie am liebsten aufgeweckt, um es ihr zu erzählen. Doch sie haßt es, so früh aus dem Schlaf gerissen zu werden..." Dann zwinkerte er den beiden

Polizeibeamten zu und fuhr fort: „Aber vielleicht erzähle ich's ihr auch erst mal gar nicht und überrasche sie mit einem Geschenk."

George verteilte den dampfenden Kaffee auf die drei Tassen.

„Nehmen Sie Platz", sagte er. „Was haben Sie auf dem Herzen? Wenn Sie Hunger haben sollten, greifen Sie nur zu."

Die beiden Polizisten bedankten sich und nahmen sich jeder ein Rosinenbrötchen. „Dann haben Sie also die ganze Nacht gepokert?" fragte der eine und langte nach der Butter.

George hätte um ein Haar gesagt, er könne es beweisen, besann sich jedoch im letzten Augenblick und antwortete statt dessen mit einem schiefen Grinsen: „Natürlich ist es gegen das Gesetz, aber schließlich tun es alle."

„Darum geht es hier gar nicht", meinte der Polizeibeamte. „Wann haben Sie angefangen und wann aufgehört?"

„Es ging um etwa neun Uhr los", sagte George, „und hörte vor etwa zehn Minuten auf."

„Waren Sie die ganze Zeit da?"

„Klar", erwiderte George. „Wieso?" Er sah die beiden Polizisten mit großen unschuldigen Augen an und versuchte, so natürlich und unbefangen wie möglich zu wirken. Wieder hätte er beinahe gesagt, er könne es beweisen.

„Gut, und wer spielte sonst noch mit?"

„Ach, nun nehmen Sie's nicht so genau!" sagte George. „Es ist wirklich ein ganz harmloses Spiel. Wir treffen uns jeden Freitag. Wenn Sie gegen uns vorgehen wollen, dann werde ich natürlich die anderen nicht verpetzen!"

„Das interessiert uns jetzt gar nicht. Außerdem kennen wir die Namen der Mitspieler. Sonst würden wir schließlich nicht hier auf Sie warten. War Mr. Montgomery da, als das Spiel begann?"

„Ja, natürlich", erwiderte George. „Er war bereits da, als ich ankam."

„Um wieviel Uhr ist er gegangen?"

George runzelte die Stirn. „Er ging als erster. Er hatte Pech heute nacht. Es muß so gegen vier Uhr dreißig gewesen sein. Warum fragen Sie?"

„Ist er zwischendurch einmal fortgewesen?"

„Nein", sagte George. „Keiner von uns."

„Würden Sie es vor Gericht beschwören?"

George zögerte einen Augenblick. „Natürlich", sagte er dann. „Ich war jede Minute da, und keiner von uns ging fort. Ich würde einen Eid darauf schwören. Warum?"

„Nun, dann scheint ja alles in Ordnung zu sein", meinte der Polizeibeamte und verzehrte sichtlich erleichtert den letzten Bissen von seinem Rosinenbrötchen. „Wenn Sie glauben, die anderen können es auch beschwören, dann scheint Al Montgomery ja die Wahrheit zu sagen. Daran haben wir im Grunde auch nicht gezweifelt. Doch wir müssen der Sache nun mal genauestens nachgehen, verstehen Sie?"

Die beiden Polizisten tranken ihre Tassen leer und erhoben sich.

„Welcher Sache müssen Sie nachgehen?" fragte George.

„Seine Frau wurde gestern nacht zwischen elf und zwölf Uhr erschossen", sagte der Polizeibeamte.

„Um Gottes willen, nein!" stöhnte George.

„Anscheinend handelt es sich um einen Raubüberfall", fuhr der Beamte fort. „Doch sonderbarerweise ist nur ihr Schmuck gestohlen worden. Ansonsten wurde nichts angerührt. Außerdem deutet nichts auf gewaltsamen Einbruch hin. Der Mörder muß einen Schlüssel besessen haben. Unter diesen Umständen mußten wir die Möglichkeit in Betracht ziehen, daß er selbst die Tat begangen hat. Wenn aber vier Zeugen beschwören können, daß er den Raum nicht verlassen hat, dann besitzt er natürlich ein todsicheres Alibi."

George sank kraftlos in seinem Stuhl zurück.

„Sie scheinen sehr betroffen zu sein", meinte der andere Polizeibeamte. „Sind die Montgomerys enge Freunde von Ihnen?"

George starrte vor sich hin und nickte. „Wir haben vor sechs Monaten zusammen geangelt und seitdem jeden Freitag gepokert." Und wir bevorzugten dieselbe Lektüre, dachte er verbittert.

„Tut uns leid", meinte der Beamte. „Bleiben Sie nur sitzen. Wir finden schon allein raus."

George hörte, wie die Haustür zugeschlagen wurde. Er stand auf und vergewisserte sich, daß die Polizisten wirklich fort waren. Dann ging er wie benommen über den Flur und öffnete die Tür zum Schlafzimmer.

Das Licht war noch immer eingeschaltet, der Vorhang zugezogen, und Madge lag da wie zuvor. Doch jetzt konnte man schon von der Tür aus sehen, daß sie tot war. Die Blutflecken auf dem Bettuch waren getrocknet.

„Warum hat er seine Frau nicht *letzten* Freitag umgebracht?" stöhnte George. Er trat ans Bett. Tausend Gedanken schossen ihm durch den Kopf, wie er sich der Leiche entledigen konnte, doch jeder erwies sich als sinnlos.

Dann erwog George, die Polizei zu benachrichtigen und wie beim Pokern zu bluffen. Doch die beiden Kugeln hatten sicher nicht dasselbe Kaliber. Und zwei Ehemänner mit demselben Alibi? In derselben Nacht!

„Was soll ich tun?" flüsterte George und starrte auf den leblosen Körper.

Der Schlaf der Gerechten

Wieder drückte Cavender eine Zigarette aus. Die Kippen in dem kleeblattförmigen Aschenbecher ringelten sich wie weiße Würmer unter seiner Hand. Angewidert drehte sich Cavender zur Seite und schlüpfte mit bloßen Füßen in seine Pantoffeln, die neben seinem Bett standen. Die Leuchtziffern seines Weckers zeigten mitleidlos vier Uhr an, und es wurde ihm klar, daß sein Problem auch mit Pillenschlucken nicht zu lösen war. Im Gegenteil, diese Tabletten mit ihrer beruhigenden Wirkung hatten seine Schlaflosigkeit nur noch verschlimmert. Er fühlte sich zerschlagen, fiebrig, sein Puls ging schnell, seine Ohren dröhnten, und seine Augen waren trocken und gerötet.

Er beschloß, nicht ins Büro zu gehen und ganz einfach blauzumachen. Eine Weile beschäftigten sich seine Gedanken mit seiner Arbeit. Um vier Uhr fünfzehn verdrängte er sie aber und versuchte zu lesen. Doch die Zeilen und Buchstaben des Buches verschwammen vor seinen Augen. Um fünf Uhr schlummerte er ein, jedoch nur für zehn Minuten, und gegen sechs Uhr beschloß er, den Rat von Dr. Steels zu befolgen und einen Nervenarzt aufzusuchen. Schon der Entschluß brachte ihm Erleichterung, und er schlief ein, bis der Wecker ihn endgültig wachrüttelte.

Auf dem Namensschild an der Tür stand *Tedaldi*.

„Sind Sie angemeldet?" fragte das Mädchen hinter dem Schreibtisch. Sie schaute ihn prüfend an, was ihn stark verunsicherte. Er wurde verlegen. Konnte man ihm etwa seine Probleme vom Gesicht ablesen?

„Nein", murmelte er. „Dr. Steels schickt mich her."

„Aha. Wollen Sie einen Termin ausmachen?"

„Ich möchte Dr. Tedaldi sofort sprechen, ich bin aus diesem Grund nicht zur Arbeit gegangen."

Sie schaute ihn zweifelnd an, nahm aber Bleistift und Block vom Tisch und verschwand damit hinter der Türe zum Sprechzimmer. Kurz darauf kam sie zurück, augenscheinlich äußerst zufrieden mit sich selbst.

„Bitte sehr, Dr. Tedaldi erwartet Sie."

„Nett von Ihnen", bedankte sich Cavender.

Dr. Tedaldi war ein leutseliger rundlicher Mann. Sein Gesicht glich einem nicht sonderlich gepflegten Gemüsebeet. Cavender fand ihn unsympathisch und bedauerte sofort sein Kommen.

„Dr. Steels war ein Mitschüler von mir", begann Dr. Tedaldi. „Und was führt Sie zu mir?"

„Schlaflosigkeit."

„Na, und wie äußert sich das?"

„Ich kann ganz einfach nicht schlafen. Schon seit Monaten nicht."

Tedaldi rieb seine rübenförmige Nase. „Nun, das behaupten viele Leute. Sie geben alle vor, nicht schlafen zu können." Er kicherte vor sich hin. „Das stimmt natürlich nicht, es scheint nur so."

„Ich schlafe ja manchmal, so ein oder zwei Stunden, aber das genügt mir nicht."

„Nun, da haben Sie allerdings recht. Wenn Dr. Steels Sie ausgerechnet zu mir schickt, scheint er anzunehmen, daß Ihre Schwierigkeiten nicht organisch bedingt sind." Er ergriff einen Block. „Am besten nehmen wir erst einmal Ihre persönlichen Daten auf. Dann können wir ein wenig plaudern."

Cavender antwortete mechanisch. Name: Charles Cavender. Alter: 36. Beruf: Angestellter einer Reederei. Familienstand: alleinstehend – nein – vielmehr Witwer.

Dr. Tedaldi zog die Augenbrauen hoch. „Ihre Frau ist also früh gestorben."

„Ein Unfall", murmelte Cavender.

„Was für ein Unfall?" wollte der Arzt wissen.

„Spielt das eine Rolle?"

„Möglicherweise ja."

Cavender seufzte. „Bei einem Brand", sagte er und sank erleichtert in dem bequemen Sessel zurück. Sogleich überkam ihn ein starkes Schlafbedürfnis. Die sanfte Stimme des dicklichen Mannes hinter dem Schreibtisch wurde immer gedämpfter und drang nur noch in unverständlichen Fetzen an sein Ohr.

Dann plötzlich begann er selbst zu sprechen. Zwölf Zigarettenlängen redete er, nur unterbrochen durch tiefe Lungenzüge. Er erzählte dem Arzt alles, was dieser von ihm erfahren wollte – über das Feuer, über Linda, über den Traum.

„In meinem Traum ist alles genauso, wie es vor einem Jahr war. Wir leben in dem alten Haus in Grassy Heights. Ich erkenne jedes Möbelstück im Wohnzimmer, den Eckschrank aus Nußbaumholz, sogar den flauschigen Teppich, über den ich immer stolperte . . . Ich sitze da, lese nichts, tue gar nichts, sitze nur so da. Linda ist oben. Ich stehe auf und rufe von der unteren Treppenstufe nach ihr. Sie kommt, in ihrem zigeunerbunten Rock, lächelnd, die Hand am Geländer, und da sehe ich die Flammen hinter ihr."

Cavender rieb sich die Augen.

„Linda scheint sie nicht zu bemerken. Aus unserem Schlafzimmer kriechen sie züngelnd hinter ihr her – näher, immer näher. Und sie lächelt. Ich rufe ihr zu, schreie, bis meine Kehle ganz trocken ist und ich keinen Laut mehr herausbringe. Die Flammen erreichen sie und ziehen sie zurück. Ich höre, wie sie zischen und knistern . . ."

Cavender machte eine Pause. Tedaldi war sehr geduldig. Er war ein guter Zuhörer. Nun wartete er, bis sich sein Patient wieder gefaßt hatte.

„So war das also in meinem Traum", sagte Cavender schließlich. „Doch in Wirklichkeit war es anders."

„Und was passierte wirklich?"

29

„Es geschah mitten in der Nacht. Wir schliefen beide. Es war schon Winter, und unsere Heizung funktionierte nicht richtig. Wir besaßen einen kleinen elektrischen Heizofen – für den Notfall –, und den hatte ich ins Schlafzimmer gestellt. Die Vorhänge müssen Feuer gefangen haben. Das bestätigten auch die Fachleute später."

Er erwähnte mit keinem Wort, daß er, wie gewöhnlich, im Bett geraucht hatte.

„Wir wachten erst auf, als der ganze Raum bereits in Flammen stand. Alles, alles schien zu brennen. Das Zimmer war derart voller Rauch, daß ich fast nichts sehen konnte. Ich rief Linda, doch es kam keine Antwort. Ich stolperte zur Tür, aber öffnen konnte ich sie nicht. Die Türklinke war glühend heiß. Schließlich fand ich die Badezimmertür, die halb offen stand. Ich ging hinein. Warum, weiß ich selbst nicht. Ich muß total von Sinnen gewesen sein, anders kann ich es mir nicht erklären. Ich schlug die Tür zu und versuchte, das Fenster zu öffnen. Es gelang mir, und ich sprang hinaus. Es war gar nicht tief und die Büsche unter dem Fenster dämpften meinen Aufprall. Nicht mal richtige Schrammen habe ich abbekommen. Draußen lief ich gleich los, wie ein Wahnsinniger. Erst an der Straßenecke schaute ich zurück. Das ganze Gebäude war bereits ein Flammenmeer. Es war ein altes Haus, verstehen Sie? Und es brannte wie eine Streichholzschachtel..."

Er hatte genug gesagt, schwieg und gab selbst auf Tedaldis nächste Frage keine Antwort.

„Und Ihre Frau kam um?"

Cavender zündete sich eine neue Zigarette an.

„Glauben Sie, Sie hätten sie retten können?" fragte Tedaldi eindringlich. „Quält es Sie, daß Sie es nicht mal versucht haben?"

Cavender zog den Rauch tief in seine Lunge und schaute zu der Bücherwand in Tedaldis Sprechzimmer.

„Fühlen Sie sich schuldig, Mr. Cavender? Ist das Ihr Problem?"

„Nein."

„Das wäre doch ganz natürlich. Selbst wenn Sie vernünftig gehandelt haben, selbst wenn es unmöglich war, Ihre Frau zu retten, irgendein Gefühl von Schuld könnte doch aufkommen. Immerhin, *Sie* leben ja noch."

Cavender antwortete ganz ruhig: „So ist es aber nicht. Ich weiß, daß ich keine Schuld habe. Ich mache mir keine Vorwürfe."

„Auch nicht unbewußt?"

„Bewußt oder unbewußt, mich trifft keine Schuld. Ganz gleichgültig, was *er* sagt."

Tedaldi sah ihn interessiert an. „Gleichgültig was wer sagt?"

„Jack Fletcher, ihr Bruder."

„Der Bruder Ihrer Frau?"

„Ja." Cavender drückte seine Zigarette aus und steckte sogleich eine neue an. „Der Mann sollte sich von Ihnen behandeln lassen, Doktor." Er lachte verächtlich. „Der Kerl braucht einen Nervenarzt dringender als ich."

„Warum sagen Sie das?"

„Weil er verrückt ist, deshalb. Weil er diesen irren Gedanken im Kopf hat und ihn nicht los wird."

„Und was ist das für ein irrer Gedanke? Macht er Sie für den Tod seiner Schwester verantwortlich?"

„Ja."

„Wissen Sie, warum?"

Cavender zuckte die Schulter. „Wie soll ich das wissen? Ich hab den Kerl ja noch nie getroffen, weiß nicht mal, wie er aussieht. Er war Hunderte von Meilen weg, als das Unglück geschah, aber er tut so, als ob er dabeigewesen wäre."

„Wo war er denn?"

„In Denver. In einem Kriegsveteranen-Heim. Er ist dort schon acht oder neun Jahre. Seit dem Koreakrieg. Natürlich hat man ihn von Lindas Tod informiert, und er las Zeitungsberichte über den Brand. Dadurch kam diese fixe Idee in seinen Kopf. Die Berichte waren zum Teil wirklich unfair."

„Was für eine fixe Idee, Mr. Cavender?"

„Daß ich meine Haut gerettet habe und Linda verbrennen ließ."

„Glaubt er das wirklich?"

„Jawohl, das tut er. Er hat es mir geschrieben, als er noch im Heim war. Ein vollkommen irrer Brief war das, Doktor, der hätte Sie interessiert. Leider habe ich ihn weggeworfen."

„Und wo ist der Mann jetzt?"

Cavender drückte seine Zigarette aus. „Wieder in der Stadt. Vorigen Monat kam er her."

„Hat er sich mit Ihnen in Verbindung gesetzt?"

„Einmal, telefonisch."

„Und was hat er gesagt?"

32

„Genau das, was zu erwarten war. Abscheuliche Dinge, Doktor. Er hat mich sogar bedroht."

„Bedroht? Mit Gewalt?"

Cavender gab keine Antwort.

„Haben Sie die Polizei benachrichtigt?"

„Nein."

„Und warum nicht?"

„Ich weiß selbst nicht." Cavender stand auf und ging erregt hin und her. „Schaun Sie, der Kerl ist völlig verdreht. Er stand seiner Schwester sehr nah, sie wuchsen ohne Eltern auf. Ich mach ihm ja keinen Vorwurf, daß ihn der Verlust so schwer trifft. Aber er irrt sich, er irrt sich völlig. Ich hätte sie nicht retten können, es war einfach unmöglich. Er war nicht dabei, Doktor, er kann nicht wissen, wie alles ablief. Es war die Hölle, wahrhaftig die Hölle. Ich glaube, Linda war schon tot, als ich aufwachte. Es gab keine Chance, absolut keine." Er schwitzte vor Erregung.

„Das brauchen Sie mir nicht zu erklären", sagte Tedaldi beschwichtigend.

„Ich weiß. Aber es hängt doch wohl alles zusammen: diese Sache und meine Schlaflosigkeit. Nach dem Brand hab ich gut geschlafen, Doktor, das ist es, was ich nicht begreife. Ich habe geschlafen wie ein Murmeltier."

„Wann also begann Ihre Schlaflosigkeit? Als Jack Fletcher Sie anrief?"

Cavender blieb stehen und schloß die Augen. „Ja", sagte er, „wenn ich es recht bedenke, fing es damals an."

★

Um drei Uhr in der Nacht war die Zigarettenpackung leer, und Cavender durchwühlte seine Nachttischlade, um eine neue zu finden. Es war jedoch keine aufzutreiben, und er fluchte über seine Nachlässigkeit. Er wühlte in seinem Aschenbecher, aber die Kippen waren alle zu kurz. Schlaflosigkeit war schon schlimm genug, aber der Mangel an Zigaretten machte seine Lage unerträglich. Er zog sich rasch an, verließ das Hotelzimmer und ging zum Lift. Lautlos glitt er ins Erdgeschoß. Die Hotelhalle war leer, nur ein schwaches gelbes Licht brannte. Er trat nach draußen auf die Straße. Es war feucht und kalt, und er fror in seinem leichten Mantel. Er überblickte die Straße und versuchte sich zu erinnern, wo er einen Nacht-Drugstore gesehen hatte.

Nachdem er sechs Blocks entlanggelaufen war, fand er endlich einen. Der schläfrige Mann hinter dem Ladentisch gab ihm vier Päckchen Zigaretten und fragte, ob er sonst noch etwas brauche. Fast hätte er um ein Mittel gegen Schlaflosigkeit gebeten, unterließ es dann aber. Wenn Dr. Steels schon kein wirksames Heilmittel wußte, wie sollte ihm dieser Drogist dann helfen?

Während er langsam ins Hotel zurückging, dachte er über seinen Besuch bei Dr. Tedaldi nach. Es war völlig sinnlos gewesen. Solche Gespräche waren vielleicht gut für die Seele, aber seinem Körper hatten sie nicht geholfen. Tedaldi hatte ihm geraten, regelmäßig zur Behandlung zu kommen, und Cavender hatte geantwortet, er wolle darüber nachdenken. Nun, er hatte es sich überlegt und war zu dem Schluß gekommen, daß es zwecklos war.

Den Rest der Nacht lag er schlaflos im Bett. Als der Wecker läutete, zog er sich an und ging ins Büro.

Sein Chef Jameson ließ ihn rufen. Mit einem gequälten Lächeln wandte er sich an Cavender. „Nun, alter Freund, Sie sollten sich ein bißchen mehr zusammenreißen. Einen Fehler, vielleicht auch zwei, kann man durchgehen lassen. Aber wie steht unsere Firma da, wenn Sie ganze Listen durcheinanderbringen? Wissen Sie, was passiert wäre, wenn ich den Fehler nicht rechtzeitig bemerkt hätte? Da wären Schiffe losgefahren, ohne einen einzigen Passagier an Bord!"

„Das tut mir leid", murmelte Cavender. „Mir geht's zur Zeit verdammt schlecht."

„Sie sehen tatsächlich nicht gut aus." Jameson runzelte die Stirn. „Schon seit Wochen. Ist irgendwas nicht im Lot, Charlie?"

„Ich war schon beim Arzt. Nichts von Bedeutung. Einfach nur Schlaflosigkeit."

Und mit einem schwachen Lächeln fügte er hinzu. „Vielleicht sollte ich mal 'ne Seereise machen."

Jameson brach in ein übertrieben lautes Gelächter aus. „Na, Charlie, reißen Sie sich ein bißchen am Riemen. Jetzt, während der Saison, können wir Sie einfach nicht entbehren. Aber", fügte er ernst hinzu, „passen Sie auf, was Sie tun, alter Freund!"

In der folgenden Nacht, als er wieder keinen Schlaf finden konnte, dachte Cavender über seine Büroarbeit nach. Er wurde sich klar, daß nicht sie die Ursache seiner Schwierigkeiten war. Die Ursache war niemand anderes als Jack Fletcher.

Am nächsten Tag rief er ihn an. „Jack, hier ist Charlie, Charles Cavender."

Keine Antwort. Er hatte nicht geahnt, daß Schweigen so viel Haß ausdrücken konnte. Jetzt spürte er es.

„Hören Sie mal zu, Jack. Ich finde die Art unserer Beziehungen recht scheußlich. Wollen wir uns nicht mal zusammensetzen und uns aussprechen? Ganz offen und ehrlich?"

„Ich habe Ihnen nichts zu sagen, Cavender."

„Schaun Sie, wir sollten uns nicht wie zwei dumme Jungen benehmen. Wir sollten lieber unsere Karten auf den Tisch legen und wie vernünftige Erwachsene handeln."

„Lassen Sie mich in Ruhe", grollte Jack Fletcher. „Ich hab nichts vergessen, Sie Hund. Nichts, darauf können Sie Gift nehmen."

„Was Sie für einen Ton an sich haben..."

„Lassen Sie mich in Ruhe", sagte Lindas Bruder noch einmal. „Ich denke schon die ganze Zeit an Sie. Die ganze Zeit, Charlie."

Mit diesen Worten legte er den Telefonhörer auf.

In dieser Nacht war der Aschenbecher so überladen, daß er zu Boden fiel und in mehrere Stücke zersprang. Cavender trat ärgerlich mit dem Fuß nach den Scherben und brach in heftiges Schluchzen aus.

„Laß mich schlafen", wimmerte er. „Oh, lieber Gott, kannst du mich denn nicht schlafen lassen?"

36

In Gedanken redete er mit Fletcher. Er wußte, daß er allein an seiner Schlaflosigkeit schuld war. Fletcher hatte ihm diese Qual auferlegt, aus Bosheit und Haß.

„Du verdammter Kerl", rief er aus.

Am nächsten Morgen sprach ihn der Hotelmanager, ein öliger Typ mit immerzu in der Luft herumfuchtelnden Händen, in der Hotelhalle an. Cavender hörte gar nicht zu, was der Mensch genau von ihm wollte. Er wußte aber, daß er sich über sein nächtliches Verhalten, über den Lärm in seinem Zimmer beschwerte. Der Manager sprach sichtlich verlegen, doch schließlich war es unter anderem auch seine Pflicht, für Ruhe und Ordnung im Hotel zu sorgen. Cavender murmelte etwas Unverständliches vor sich hin und ging. Beschwer dich bei Fletcher, dachte er. Der allein ist an allem schuld.

Der Gedanke an Fletcher verfolgte ihn den ganzen Tag, bis er endlich den Entschluß faßte, Lindas Bruder aufzusuchen.

Jack Fletcher wohnte in einem Mietshaus auf der Lower East Side. Das Haus, auf dessen Fassade der Schmutz von mindestens hundert Jahren zu haften schien, wirkte düster und bedrohlich. Cavender fürchtete sich, als er auf den Klingelknopf über dem rußigen Namensschild drückte. Ja, er hatte Angst vor Fletcher, das gab er selbst zu.

Die Tür sprang auf, und Cavender trat in einen schmutzigen Hausflur. Fletchers Appartement lag ebenerdig. Bevor er anklopfte, zögerte er einen Augenblick. Aber er brauchte die Hand gar nicht zu heben. Die Tür öffnete sich, und er sah Lindas Bruder zum erstenmal. Er war ein schmächtiger junger Mann mit feuerroten Haaren und einem verkniffenen, schmalen Gesicht. Er saß in einem Rollstuhl, und über seinen Knien lag eine Decke. Er war ein Invalide, Linda hatte ihm das nie gesagt. Cavender schaute auf ihn herab und hätte vor Erleichterung am liebsten gelacht. Er fühlte kein Mitleid, nur Erleichterung. Da hatte er also vor einem Behinderten Angst gehabt, hatte wach gelegen, ins Dunkle gestarrt! Cavender lächelte.

„Jack Fletcher?" fragte er. „Ich bin Charlie Cavender."

„Ich kenne Sie", erwiderte der junge Mann mit rauher Stimme. „Was wollen Sie hier?"

„Ich wollte Sie kennenlernen. Ich sagte es ja schon am Telefon."

„Machen Sie, daß Sie fortkommen!" Er faßte an die Tür und wollte sie zustoßen. Cavender stellte schnell seinen Fuß dazwischen.

„Besinnen Sie sich doch! Es ist an der Zeit, daß wir uns aussprechen."

„Ich will Sie aber nicht sehen."

„Geben Sie mir nur fünf Minuten Zeit."

Fletcher machte ein finsteres Gesicht und bewegte seinen Rollstuhl zurück. Das war nicht gerade ein freundlicher Empfang, aber immerhin. Cavender trat ein.

„Es tut mir wirklich leid", sagte er. „Linda hat mir nie erzählt, daß Sie krank sind."

„Ersparen Sie sich Ihr Mitleid. Bedauern Sie sich lieber selbst."

„Es muß schlimm für Sie gewesen sein. Ich war bei der Luftwaffe im Zweiten Weltkrieg."

„Geben Sie doch nicht an! Oder haben Sie eine Tapferkeitsmedaille gekriegt?" Fletcher sah seinen Schwager haßerfüllt an.

„Sie haben nicht das Recht, so zu reden. Ich weiß, was in den Zeitungen über mich geschrieben stand. Doch das war alles verdreht. Warum haben Sie mir nie die Chance gegeben, Ihnen die Sache aus meiner Sicht zu erzählen?"

„Ach, hören Sie doch auf", sagte Fletcher unwillig. „Und verschwinden Sie!"

„Nicht bevor Sie mich angehört haben."

Fletcher griff in die Räder seines Stuhles und rollte ihn schnell über den verschlissenen Teppichboden quer durch den Raum.

„Raus!" schrie er. „Raus! Oder ich vergesse mich und tue, was ich mir seit langem vorgenommen habe. Als ich erfuhr ..."

„Sie wollten mich umbringen, nicht wahr?"

„Ja, das wollte ich, Sie dreckiger Feigling. Ich wollte sehen, wie Sie sich krümmen ..."

Cavender schnaubte vor Zorn. „Wie denn?" fragte er. „Das würde ich doch gern mal wissen."

„Glauben Sie, dazu braucht man Beine? Ich erledige Sie auch so."

Cavender konnte sich nicht beherrschen, er brach in lautes Gelächter aus.

Fletcher öffnete die einzige Schublade seines Schreibtisches. Er tat es sehr geräuschvoll, doch es kümmerte seinen unerwünschten Besucher nur wenig. Auch als Fletcher seinen

Stuhl herumdrehte und den Revolver auf ihn richtete, zuckte Cavender nicht zurück.

„Das hier braucht keine Beine", flüsterte Fletcher. „Verstehen Sie jetzt, wie ich Sie umbringen will?"

„Aber das ist doch heller Wahnsinn", erwiderte Cavender verächtlich. „Nichts als heller Wahnsinn."

Alle Furcht war von ihm abgefallen. Er ging auf den jungen Mann zu.

„Stecken Sie das Ding weg, Jack. Lassen Sie uns doch vernünftig sein."

„Ich kann's immer noch tun, Cavender. Ich kann immer noch abdrücken."

„Tun Sie das Ding weg!" Cavender streckte seine Hand aus, eine wirkliche Mutprobe. „Tun Sie das verdammte Ding weg, Jack!"

„Ich bringe Sie um!"

Cavender ergriff Fletchers Handgelenk und hielt es fest. Der dünne Arm war kraftvoller, als er vermutet hatte, aber Cavender wußte, daß er stärker war. Im Eifer des Gefechtes begann der Rollstuhl zu schwanken. Um das Gleichgewicht nicht zu verlieren, warf Fletcher seinen anderen Arm herum. Somit war der Revolver auf seinen eigenen Kopf gerichtet. Seine Augen rollten wild, und er versuchte, seinen Finger vom Abzug zu bekommen. Jetzt erkannte Cavender, daß all seine Angst auf seinen Gegner übergegangen war. Fletcher war es, der sich fürchtete. Ein Gefühl von Zufriedenheit und Macht überkam Cavender. Fletcher sagte noch etwas – es waren seine letzten Worte. Cavender drückte fest, immer fester, bis sich der Schuß entlud. Das Gesicht des jungen Mannes veränderte sich auf grauenvolle Weise. Cavender trat ein paar Schritte zurück und beobachtete, wie der leblose Körper in den Stuhl zurücksank. Der rechte Arm baumelte zur Seite, und der Revolver fiel zu Boden.

Fletcher war tot, doch Cavender fühlte kein Mitleid. Schließlich war es Fletcher gewesen, der die Waffe ergriffen und den Finger an den Abzug gelegt hatte. Wenn der Revolver nicht ins Spiel gekommen wäre, dann wäre auch nichts passiert.

Cavender lauschte. Aber im Haus rührte sich nichts. Niemand schien den Schuß gehört zu haben.

Eine Minute lang überdachte er seine Lage. Sollte er warten und dann von Notwehr sprechen? Oder sollte er schnell fortgehen und die Situation für sich selbst sprechen lassen? Ein bedauernswerter Kriegsinvalide, neben sich eine alte Waffe, die letzte hoffnungslose Geste eines geschlagenen Mannes...

Cavender wartete noch einen Augenblick. Nichts geschah. Dann verließ er das Haus.

Er verbrachte den Abend im Kino. Schon während des Films überkam ihn ein wunderbares Gefühl von Schläfrigkeit. Er stand auf und ging ins Hotel.

Um zehn Uhr bestellte er sich ein Sandwich und eine Flasche Bier aufs Zimmer. Er trank sie gierig aus, zündete sich dann eine Zigarette an und legte sich angekleidet aufs Bett.

Er wußte genau, jetzt würde es passieren, er konnte es geradezu spüren. Es war wie leichter Sommerwind, der ihn streichelte. Er lächelte. Als er wenige Minuten später einschlief, lächelte er noch immer.

Der Manager von Cavenders Hotel sprach heftig gestikulierend auf den Kriminalinspektor ein.

„Bitte. Der Bericht..."

„Was die Versicherungssumme angeht, brauchen Sie sich keine Sorgen zu machen. Für den Brand sind Sie nicht verantwortlich. Sie haben sich nichts zuschulden kommen lassen."

Der Hotelmanager atmete erleichtert auf.

„Nein, Ihr Fehler war das nicht", fuhr der Inspektor grimmig fort. „Doch es gibt Leute, die nie Vernunft annehmen. Hundertmal warnt man sie, nicht im Bett zu rauchen. Aber es ist einfach zwecklos."

Er drehte sich um und betrachtete die Träger, die ihre verkohlte Last davonschafften. Er schüttelte bedauernd den Kopf. „Was muß der Mann für einen Bombenschlaf gehabt haben!"

Halt, Polizei!

Sie hatten soeben die Autobahn verlassen und befanden sich auf einer schmalen Landstraße, die sie durch eine Reihe von Kleinstädten führen würde. Fest entschlossen, ihre übliche Unterkunft zwischen New York und Florida noch vor Mitternacht zu erreichen, achtete Stan Sherwood nicht auf das Schild mit der Geschwindigkeitsbegrenzung, sondern drückte das Gaspedal seiner schicken neuen Limousine noch weiter durch.

Stan und seine Frau Barbara waren seit Morgengrauen unterwegs. Die Strecke war eintönig und ihnen vertraut. Da sie es, wie üblich, eilig hatten, dem Winter zu entrinnen, beschlossen sie, nur ein einziges Mal anzuhalten, um ein wenig zu schlafen.

Stan Sherwood hatte für einen großen Börsenmakler gearbeitet. Seine privaten Spekulationsgeschäfte waren oft sehr viel gewagter gewesen als die seiner Klienten. So hatte er im Alter von achtunddreißig Jahren bereits ein Vermögen angesammelt, von dem er ohne weiteres bis an sein Lebensende hätte zehren können. Er hatte alles, bis auf ein paar sichere Wertpapiere, verkauft und war jetzt unterwegs zu neuen Geschäften – diesmal als Immobilienmakler in Florida.

Neben ihm saß Barbara in ein Nerzcape gehüllt, einunddreißig Jahre alt, attraktiv und manchmal hoffnungslos arrogant. Sie war mit dem Schraubverschluß einer Thermosflasche beschäftigt, goß etwas Kaffee in einen Becher und reichte ihn Stan.

„Nein danke, wirklich nicht, Liebling. Dasselbe Spülwasser wie letztes Jahr, nur leicht aufgewärmt. Alle Imbißstuben in diesen Nestern müssen ihr Zeug vom selben Lieferanten beziehen."

Sie kicherte. „Sicherlich haben sie auch denselben Koch. Das Essen schmeckt überall gleich fad."

Sie zündete ihm eine Zigarette an, und Stan fragte sie nach der Uhrzeit.

„Fast zehn", sagte sie. „Schon müde?"

„Nicht müde. Todmüde."

„Soll ich fahren?"

„Wir müssen sowieso bald tanken. Dann kannst du mich ablösen."

Sie überquerten einen Fluß. Ein Schild am gegenüberliegenden Ufer zeigte an, daß sie sich in einem neuen Bundesstaat befanden. Ein weiteres wies auf die Höchstgeschwindigkeit von fünfzig Meilen hin. Stan fuhr etwas über fünfundsechzig und kümmerte sich nicht darum.

Kurz darauf sah er ein Blaulicht in seinem Rückspiegel aufblitzen. Er stieß einen leisen Fluch aus, als ihn der

44

Streifenwagen überholte und ihn einer der Polizisten mit der Kelle an den Straßenrand winkte. Das Bußgeld war kein Problem, versteht sich. Aber er würde sicherlich Schwierigkeiten wegen seines auswärtigen Nummernschildes bekommen und mit auf die Wache müssen. Bei diesen schwerfälligen Landbullen kann das eine Ewigkeit dauern, dachte Stan. So würden sie auf ihr Luxusmotel, das beste auf der gesamten Strecke, verzichten müssen.

„Wird uns mindestens eine Stunde kosten", sagte er mürrisch, trat auf die Bremse und brachte seine Limousine dicht hinter dem Streifenwagen zum Stehen.

„Vielleicht wollen sie dir ja nur eine kleine Moralpredigt halten", meinte Barbara hoffnungsvoll.

Er schüttelte den Kopf. „Nie im Leben. Wie ich die Brüder kenne, werden sie sich zuerst den Wagen anschauen, dann dich in deinem Nerz und mir schließlich eine extra hohe Strafe aufbrummen. Diese Typen leben doch von dem Geld, das sie den Touristen abknöpfen, die in schicken Schlitten durch ihre Nester jagen, um möglichst schnell nach Florida zu gelangen."

„Du bist ja heute so spöttisch", entgegnete sie. „Die Polizisten erledigen ihren Job doch wie jeder andere. Und was kümmert es sie, woher wir kommen und wohin wir fahren?"

„Du wirst es schon sehen", erwiderte Stan, stellte den Motor ab und wartete. Es saßen zwei Polizisten im Streifenwagen. Der Beifahrer stieg aus und trat mit gewichtigen Schritten an Stans Seitenfenster. Er war etwa zwei Meter groß, breitschultrig und trug schwarze Lederstiefel. Irgend etwas am

Schnitt seiner Uniform und an seinem Gehabe ließ ihn sehr arrogant erscheinen.

Stan betätigte einen Knopf, und das Fenster glitt lautlos herab. Ein kaltes Lüftchen drang ins Wageninnere.

„Ihre Papiere, Sir!" befahl der Polizist.

Stan zog Führerschein und Versicherungspapiere aus seiner Brieftasche und reichte sie heraus. Der Polizist überprüfte sie kurz und gab sie Stan zurück.

„Wir müssen Sie mit auf die Wache nehmen, Mr. Sherwood", sagte er mit verbissener Miene, die nichts Gutes verhieß. Im Schein des Blaulichtes wirkte sein blasses, knochiges Gesicht wie in Stein gehauen.

„Schon gut", brummte Stan und zauberte auffällig eine Fünfzigdollarnote aus seiner Westentasche hervor. „Ich geb ja zu, daß ich zu schnell gefahren bin, aber wir haben's nun mal furchtbar eilig. Warum also nehmen Sie nicht ganz einfach dieses Scheinchen und zahlen das Bußgeld für mich. Damit wäre uns beiden doch wohl am besten gedient."

Der Polizist starrte auf den Geldschein, ohne ihn anzurühren. Dann verzog er verächtlich den Mund. „Sie scheinen sich ja sehr gut auszukennen, Mister. Nebenbei gesagt, wird Ihnen noch mehr blühen als nur eine Geldstrafe wegen Geschwindigkeitsübertretung."

„Hören Sie zu", sagte Stan und stopfte ungeschickt den Geldschein in sein Portemonnaie. „Drohen Sie mir nicht mit irgendwelchen unverständlichen Dingen. Sagen Sie mir lieber, was los ist."

„Das werden Sie noch früh genug erfahren." Sein Blick glitt

über die Karosserie der Limousine, dann ins Wageninnere zu Barbara. Er deutete seinem Kollegen mit einer Handbewegung an vorzufahren. Dann öffnete er die hintere Tür der Limousine und nahm wie selbstverständlich auf dem Rücksitz Platz. „Folgen Sie dem Streifenwagen", befahl er knapp. „Er bringt Sie zur Wache."

Stan ließ den Motor an und folgte den Hecklichtern des Polizeiwagens. Völlig sinnlos, mit einem Bullen zu diskutieren, dachte er bei sich. Nerven behalten und sich den Vorgesetzten vorknöpfen, das wird das einzig Vernünftige sein.

„Warum sagen Sie uns nicht gleich, was der ganze Zirkus zu bedeuten hat?" ertönte Barbaras gereizte Stimme. „Sie faseln irgend etwas von einem Verbrechen, obwohl wir doch nur ein paar Meilen zu schnell gefahren sind, und das wissen Sie ganz genau."

„Bitte sei still, Liebling", sagte Stan mit ruhiger Stimme. „Es handelt sich offensichtlich um einen Irrtum. Ich werde das schon mit dem diensthabenden Beamten klären."

Kurz darauf verließen sie die Landstraße und bogen in ein Sträßchen ein, das eher einem Feldweg glich. Nach etwa anderthalb Meilen gelangten sie schließlich an ein großes Tor, hinter dem ein niedriges Fachwerkgebäude lag. Über der Tür hing ein Schild mit der Aufschrift *Sheriff-Station*. Das Haus selbst war klein, grau und düster.

Von den beiden Polizisten geleitet, betraten Stan und Barbara das Büro. Hinter einer Absperrung standen ein paar Holzstühle, ein Aktenschrank, mehrere verkratzte Schreibtische und auf einem eine veraltete Schreibmaschine.

Der Polizist, der hinter dem Steuer gesessen hatte, drückte auf einen Knopf direkt neben der Tür.

Sie mußten lange warten, bis sich eine Tür am anderen Ende des Raumes öffnete, und ein Mann eintrat. Er knöpfte sich in aller Seelenruhe die Jacke seiner Sheriffuniform zu und fuhr sich mit seinen knotigen Fingern durch sein struppiges schwarzes Haar. In seinem kantigen breiten Gesicht saß eine fleischige Nase. Die geschwollenen Augen unter den buschigen Brauen verrieten, daß man ihn im Schlaf gestört hatte. Er sah Stan und seine Frau mißtrauisch an.

„Nun, wen haben Sie denn da angeschleppt, Floyd?" fragte er den Polizisten, der Stans Papiere untersucht hatte, während dessen Kollege lässig in einer Ecke stand und rauchte.

„Einen dicken Fisch, Sheriff", sagte Floyd und trat hinter die Sperre.

Der Sheriff nahm an einem der Schreibtische Platz. Floyd flüsterte ihm etwas Unverständliches zu, und eine tiefe Falte erschien auf der Stirn des Sheriffs. Der Polizist reichte ihm einen Zettel aus seinem Notizbuch, in das er während der Fahrt Aufzeichnungen gemacht hatte. Der Sheriff ging zu seinem Aktenschrank und kramte ein Blatt Papier hervor, das er neben die Notiz seines Untergebenen auf den Schreibtisch legte. Er verglich die beiden Schriftstücke. Dann sah er finster auf.

„Geschwindigkeitsübertretung!" Seine Stimme klang drohend. „Das haben wir gern! In diesem Distrikt haben wir besonders harte Strafen für solche Verkehrssünder, so harte, daß Sie uns nicht zu schnell vergessen. Doch ich nehme an, Mister, Sie haben einen triftigen Grund parat."

„Nein, Sir", begann Stan mit kleinlauter Stimme. „Aber ich würde jetzt gern mein Bußgeld bezahlen!."

„Keinen triftigen Grund? Da bin ich allerdings anderer Meinung. Wenn jemand in einem gestohlenen Wagen sitzt, der mehr als zwanzigtausend Mark wert ist, dann hat er wohl Grund genug, wie ein Wilder durch die Gegend zu jagen. Schließlich hat er es eilig, dem Arm des Gesetzes zu entrinnen. Und das nenne ich einen *sehr* triftigen Grund."

„Ein gestohlener Wagen?" rief Stan empört. „Was für ein gestohlener Wagen? Ich habe die Limousine vor etwa drei Monaten in New York gekauft. Ich habe die Versicherungspapiere, das beweist doch ausreichend, daß mir das Auto gehört." Er fummelte in seiner Brieftasche herum und reichte das Papier über die Sperre.

Der Sheriff untersuchte es genau und verglich es mit dem anderen Papier auf seinem Schreibtisch. Schließlich sah er auf. „Derselbe Wagen, daran besteht kein Zweifel, und zwar der gestohlene."

„Dann muß es sich um ein Versehen handeln, Sheriff", rief Stan.

„Irrtum, Mister. So wie ich die Sache sehe, haben Sie und Ihre Frau den Wagen von einem gewissen Sherwood gestohlen. Vielleicht ist das Ganze auch nur ein Schwindel, das geht aus meinen Unterlagen nicht hervor. Auf jeden Fall sind Wagen, Brieftasche und Papiere von diesem Sherwood."

„Das ist ja phantastisch!" brüllte Stan, dem allmählich der

Kragen platzte. „Wirklich phantastisch! *Mein* Name ist Sherwood, und dies ist *Mrs.* Sherwood."

„Natürlich", fiel Barbara empört ein. „Ich bin Mrs. Barbara Sherwood, und dies ist mein Ehemann. Sehen wir vielleicht wie ein Gangsterpaar aus?"

„Ich muß zugeben", erwiderte der Sheriff. „Selbst in dem gestohlenen Nerz sehen Sie nicht übel aus. Aber drüben, im staatlichen Frauengefängnis gibt's so manche Dame, die mindestens ebenso rausgeputzt ist wie Sie", er kicherte vor sich hin, „und längst nicht so zickig aussieht."

„Ich habe keinen Sinn für Ihre Art von Humor, Sheriff, wie immer Ihr Name ist", brummte Stan wütend.

„Sheriff Clyde Hamlin, Mister. Und Sie täten gut daran, sich an meine Art von Humor zu gewöhnen. Denn Sie werden sich wohl oder übel für einige Zeit damit befassen müssen." Mit diesen Worten lehnte er sich zurück und zündete sich langsam und genußvoll eine dicke Zigarre an.

„Ist das Ihr Ernst?"

„Hm", erwiderte Hamlin übertrieben freundlich, formte seine Lippen zu einem Kreis und blies kleine Rauchringe über die Sperre. „Verdammt ernst."

„Ich bin also angeklagt, mein eigenes Auto gestohlen zu haben?"

Hamlin sah ihn aus zusammengekniffenen Augen an.

„Und was ist mit meiner Unterschrift?" fragte Stan weiter. „Sie könnten sie doch mit den anderen Papieren vergleichen."

„Ein guter Bluffer ist meist auch ein guter Fälscher. Hab ich nicht recht, Bart?" sprach er zu dem zweiten Beamten. „Du

50

warst schließlich Wärter im Staatsgefängnis und müßtest es wissen."

„Ja, Sheriff", antwortete er. „Darauf können Sie Gift nehmen."

„Wenn es wirklich Ihr Fahrzeug ist", meinte Floyd, „dann zeigen Sie uns doch Ihren Kaufvertrag."

„Denken Sie vielleicht, ich trage solche Verträge ständig mit mir herum", rief Stan ärgerlich. „Sie sind natürlich in meinem Safe."

„Im Safe!" meinte der Sheriff zynisch. „Da sind sie gut aufgehoben."

„Ich möchte sofort meinen Anwalt anrufen", sagte Stan.

Hamlin nickte. „Sie haben sicherlich einen in unserem Distrikt."

„Natürlich nicht! Ich kenne ja nicht einmal den Namen der nächstgrößeren Stadt. Mein Anwalt sitzt in New York."

„Ferngespräche sind hier nicht erlaubt."

„Ich zahle selbstverständlich."

„Spielt keine Rolle. Ist nun mal 'ne Vorschrift – und Vorschrift ist Vorschrift. Ein New Yorker Notar wird Ihnen sowieso kaum helfen können. Ich kann mir nicht vorstellen, daß er sich ein oder zwei Tage freinimmt, um Ihnen hier einen Besuch abzustatten. Das Gericht wird einen Rechtsbeistand für Sie bestimmen."

„Okay", sagte Stan zermürbt. „Wieviel verlangen Sie, damit wir uns aus diesem finsteren Loch freikaufen können?"

Der Sheriff lehnte sich weit vor und kniff erneut die Augen zusammen. „Das hört sich eindeutig nach Bestechung an.

Eine Bestechungsanklage liegt bereits vor. Mein Beamter erzählte mir, Sie hätten ihn mit einer Fünfzigdollarnote zu schmieren versucht. Ich rate Ihnen, den Mund zu halten, bevor Sie noch tiefer im Dreck stecken, Mister."

„Ich würde gern eine Kaution hinterlegen", sagte Stan ruhig.

Hamlin schüttelte den Kopf. „Geht heute nicht mehr. Autodiebstahl ist kein Kavaliersdelikt. Und in Ihrem Fall kann nur ein Richter die Summe der Kaution festlegen."

„Und wann wird der Richter Zeit dazu haben?"

„Kann ich nicht genau sagen. Er hat 'ne Menge von Fällen zu betreuen, genug um einen ganzen Knast damit zu füllen. Wenn Sie Glück haben, schaut er vielleicht morgen vorbei. Ich würde jedoch nicht die Hand dafür ins Feuer legen."

„Und was ist bis dahin?" fragte Stan, der Mühe hatte, sich zu beherrschen.

„In der Zwischenzeit werden wir hier für Sie eine Art Motel mit Gittern einrichten. Wir haben ein paar nette Zimmerchen, alle kostenlos. Das Futter ist nicht besonders gut, aber auch nicht allzu schlecht. Jetzt treten Sie vor, und leeren Sie Ihre Taschen auf meinem Schreibtisch aus."

Stan zögerte. Da packte ihn Floyd am Arm und manövrierte ihn durch die Schwingtür bis vor den Schreibtisch. Außer seiner Geldbörse legte Stan nacheinander seine Schlüssel, sein Taschentuch, einen Umschlag mit Reiseschecks über fünfzehnhundert Dollars und seine American-Express-Karte auf die Schreibtischplatte. Dann wurden ihm noch seine kostbare Armbanduhr und sein goldener Ehering abverlangt.

Der Sheriff klemmte ein Blatt Papier in die Schreibmaschine. „Ihr Name?"

„Stanley Sherwood."

„Ihr richtiger Name!"

„Stanley Sherwood."

„John Doe", sagte der Sheriff und tippte den Namen in die Maschine.

„Adresse?"

„Dieselbe, die in meinen Papieren vermerkt ist."

„Adresse unbekannt", murmelte der Sheriff und begann wieder zu tippen.

„Beruf?"

„Börsen- und Wohnungsmakler."

Hamlin tippte weiter. Er vermerkte sämtliche Gegenstände, die auf dem Schreibtisch lagen, zählte das Geld und die Schecks. Dann reichte er das Papier Stan, der es wütend las und jeden Augenblick glaubte, gleich aus einem Alptraum erwachen zu müssen.

Er blickte zu seiner Frau hinüber, die wie ein begossener Pudel hinter der Sperre stand. Sie trug noch immer ihre schwarzen Handschuhe und nagte an den Knöcheln ihrer geballten Faust. Sie sah völlig hilflos und zerbrechlich aus. Er empfand Mitleid für sie. Gleichzeitig ärgerte er sich aber auch. Warum war sie nicht aufgebraust? Warum hatte sie ihn nicht verteidigt?

„Unterschreiben Sie!" befahl Hamlin und hielt ihm einen Kugelschreiber hin.

Stan unterzeichnete das Papier, das darauf der Sheriff in

eine Schublade seines Schreibtisches legte.

Dann stierte Hamlin zu Barbara hinüber. „Jetzt sind Sie dran, Miss", sagte er.

Als sie wie versteinert stehenblieb, ergriff Bart ihr Handgelenk und zog sie zum Schreibtisch.

„Nehmen Sie die Finger von meiner Frau!" keuchte Stan.

„Nicht so zimperlich", erwiderte Bart und grinste frech. Mit der rechten Hand hielt er seinen Revolver fest umklammert.

„Sehen Sie sich vor!" sagte Stan, und seine Muskeln spannten sich.

„Und Sie halten jetzt den Mund", brüllte der Sheriff und fuchtelte wild mit der Zigarre herum. „Wenn Sie sich auch noch so aufführen, das nützt Ihnen gar nichts." Dann starrte er wieder Barbara an. „Okay, Mädchen, alles auf den Tisch!"

Sie schaute ihn verdattert an und rührte sich nicht. Da riß er ihr das Täschchen aus der Hand. „Sie haben auch noch einen Ring und eine Uhr. Her damit! Nichts mit in die Zelle! So will es das Gesetz. Herrlich warm ist's auch. Da ist ein Pelz völlig überflüssig."

Obwohl es vorauszusehen war, wollte Stan nicht glauben, daß man auch seine Frau hinter Gitter bringen würde. „Sie hat nichts mit der Sache zu tun, Sheriff!" brauste er auf. „Sie werden meine Frau nicht einsperren!"

„Ob sie Ihre Frau ist oder nicht, nach dem Gesetz ist sie Ihre Komplizin und gehört genauso hinter schwedische Gardinen wie Sie."

„Hören Sie, Hamlin", sagte Stan und lehnte sich weit über den Schreibtisch. „Wenn Sie und Ihre Kollegen wegen dieser aufgeblähten Anklage meine Frau einlochen, werden sie Ihr blaues Wunder erleben, sobald ich hier rauskomme."

Der Sheriff nahm lässig seine Zigarre aus dem Mund. „Seien Sie sich nur nicht so sicher, hier jemals rauszukommen", brüllte er mit rauher Stimme.

Dann öffnete er Barbaras Handtasche, stellte sie auf den Kopf und schüttelte den Inhalt auf seinen Schreibtisch. Dabei rollte ein Lippenstift auf den Boden und kullerte bis zur nächsten Wand. Anschließend nahm er ihr rechtes Handgelenk, zerrte an ihrem Handschuh und zog einen Diamantring von ihrem Ringfinger.

Jetzt war das Maß voll! Stan machte einen Satz nach vorn, packte den Sheriff am Arm und versetzte ihm einen Fausthieb mitten ins Gesicht, daß es nur so krachte.

Hamlin taumelte, sackte in sich zusammen und blieb wie ein gewaltiger Mehlsack am Boden liegen. Einen Augenblick lang, der wie eine Ewigkeit schien, herrschte Totenstille. Dann bewegte sich der Mehlsack und kam mühsam auf die Beine. Hamlin hielt sich die Hand vor den Mund. Blut quoll zwischen seinen Fingern hervor, und mehrere zerbrochene Zähne kamen zum Vorschein.

Hamlin zog seinen Revolver und feuerte. Die Kugel hatte Stan mitten auf die Stirn treffen sollen, doch der Schuß streifte nur Stans linkes Ohrläppchen.

Floyd riß dem Sheriff den Revolver aus der Hand, bevor er einen zweiten Schuß abgeben konnte. Bart schlug Stan mit einem harten Gegenstand über den Schädel. Stan sah tausend Sterne, dann wurde alles stockfinster um ihn herum.

Als Stan wieder zu Bewußtsein kam, lag er auf der unteren Pritsche einer Zelle, die so schmal war, daß er mit ausgestreckten Armen beinahe die gegenüberliegende Wand berühren konnte. Der Raum war fensterlos und lediglich mit einem kleinen Luftschacht an der Decke versehen. Daneben hing eine nackte Glühbirne.

Bei dem Anblick der soliden Stahltür ließ Stan jeden Fluchtgedanken fallen. Sie besaß in Schulterhöhe einen Schlitz, der groß genug war, um einen Teller hindurchzureichen und die Gefängnisinsassen zu beobachten. An der hinteren Wand stand ein Eimer, der wohl die sanitäre Einrichtung darstellen sollte.

Stan konnte seine neue Behausung mit einer nur minimalen Bewegung seines Kopfes überblicken. Er fühlte sich so, als würde er nach einer langen durchzechten Nacht mit einem schrecklichen Kater erwachen. Das Blut hämmerte in seinen Schläfen. An seinem linken Ohr klebte ein Pflaster. An seinem Hinterkopf hatte er eine dicke Beule, und sein Haar war mit einer Blutkruste verklebt. Mantel und Handschuhe hatte man ihm abgenommen, ansonsten fehlte ihm kein Kleidungsstück. Die Luft war unangenehm heiß und stickig, und es stank nach Desinfektionsmitteln.

Stan fragte sich, ob er wohl einen Leidensgenossen in seiner Zelle hatte und stand langsam und unbeholfen auf. Nein, die obere Pritsche war leer. Nachdem er die Weste seines Anzugs abgelegt hatte, schaute er sich um. Es war eine höchst sonderbare Zelle – mehr ein großer Sarg, dachte er bei sich. Hatten sie Barbara in ein ähnliches Grab gesteckt? Allein der

Gedanke verursachte ihm ein physisches Unbehagen. Außerdem bekam er Platzangst.

In sein Gefängnis drang lediglich durch einen Schlitz in der Stahltür spärliches Licht. Wieviel Zeit mochte verstrichen sein? In einem finsteren Loch wie diesem war es unmöglich, den Tag von der Nacht zu unterscheiden.

Stan ging zur Tür und spähte durch den Türschlitz. Er erkannte einen schmalen Korridor mit drei weiteren Stahltüren. Sie waren in einer Reihe angeordnet, mit Ausnahme einer, die sich am rechten Ende des Ganges befand. Links davon saß breitbeinig ein Wärter auf einem Holzstuhl und rauchte eine Zigarette. An der Wand hinter ihm lehnte ein Gewehr.

Stan machte sich durch einen Pfiff bemerkbar. Der Wärter kam, die Zigarette im Mundwinkel, herbeigeschlendert.

„Na, Bruder?" sagte er. „Was ist Sache?" Die Zigarette wippte zwischen seinen dünnen Lippen.

„Wie spät ist es?" fragte Stan.

Der Wärter schaute auf seine Uhr. „Zehn nach elf."

„Nachts?"

„Natürlich. Was sonst? Du bist seit etwa 'ner halben Stunde hier. Nicht länger. Alles in Ordnung?"

„Na ja, zumindest lebe ich noch."

„Du hast Glück gehabt. Der Sheriff und seine Kumpel sind nicht von der sanften Sorte." Er nahm den Zigarettenstummel aus seinem Mund und drückte ihn mit der Schuhsohle aus. „Dem hast du's ja ganz schön gegeben, Mann", fuhr er grinsend fort, „und ihn um ein paar Zähne erleichtert."

„Hört sich an, als seist du nicht allzu gut auf den Sheriff zu sprechen."

„Hamlin?" Der Wärter verzog sein Gesicht zu einer komischen Grimasse. „Ich kann ihn nicht ausstehen und hab auch meine guten Gründe dafür. Bräuchte ein Jahr, um dir das alles zu erklären. Wenn du mich fragst, das war 'ne glatte Schweinerei, was er da mit euch gemacht hat. Falls ihr jemals hier rauskommt..."

„Wann, meinst du, könnte das sein?"

„Hm! Keine Ahnung", sagte er und runzelte die Stirn. „Wenn ich bedenke, wie du ihn k. o. geschlagen hast. Vielleicht in einem Monat oder zwei. Wenn er bis dahin soweit abgekühlt ist, daß er sich überhaupt mit deinem Fall beschäftigt."

„Und meine Frau?"

„Dasselbe."

„Nein. Dazu hat er kein Recht! Nach dem Gesetz..."

„Clyde Hamlin *ist* das Gesetz. Zumindest in diesem Distrikt."

„Er muß doch Vorgesetzte haben, mit denen wir Kontakt aufnehmen könnten."

„Und wann? Bis dahin hast du 'nen Bart bis zum Bauchnabel. Außerdem wird er alles abstreiten. Und seine Bullen leisten jeden Meineid, wenn's ihm an den Kragen gehen sollte."

„Das werden wir ja sehen. Übrigens, wie ist dein Name?"
„Sam."

„Könntest du uns helfen, Sam?"

„Ich wüßte nicht, wie."

„Du könntest eine Nachricht rausschleusen."

„Auf keinen Fall. Er würde es sofort merken, und dann könnte ich einpacken. Nein, das riskiere ich unter keinen Umständen."

„Die Sache würde sich aber für dich lohnen, Sam."

„Im Grab kann mir auch 'ne Million nichts nützen. Du kennst Hamlin nicht. Der dreht manchmal völlig durch. Dann weiß er nicht, was er tut. Das muß an dieser verdammten Geschichte liegen, seitdem ist er nicht mehr zurechnungsfähig."

„Was für eine Geschichte?"

„Erzähl ich dir vielleicht ein anderes Mal."

„Du kannst uns also nicht helfen?"

Sam schwieg. „Muß mal sehen. Vielleicht fällt mir ja noch was Schlaues ein. Auf dem legalen Weg geht's auf keinen Fall."

„Wie dann?"

„Weiß ich noch nicht. Muß erst mal drüber geschlafen haben."

„Wo ist meine Frau, Sam?"

„Hinten rechts. Wir haben eine Sonderzelle für unsere Damen. Ist sie wirklich deine Frau?"

„Natürlich. Ist die Zelle genauso klein und gräßlich wie meine?"

„Ziemlich ähnlich. Alle Sardinenbüchsen sind gleich. Die von deiner Frau ist vielleicht etwas größer. Ist auch für vier gedacht. Bei fünfen wird's ein bißchen eng, kommt aber nur in Stoßzeiten vor."

59

Stan stöhnte. „Sie hat noch nie ein Gefängnis von innen gesehen, schon gar nicht eins wie dieses."

„Ursprünglich war der Käfig eigentlich nur als Übergangslösung gedacht", sagte Sam. „Nur für die erste Nacht. Sie wollen schon lange eine neue, komfortablere Zelle bauen, sind aber bis heute nicht dazu gekommen. Willste 'ne Kloppe?"

„Was, bitte?"

„Einen Glimmstengel."

„Ja, danke. Könnte einen gebrauchen."

Sam gab ihm eine Zigarette und Feuer. Dann besann er sich und reichte ihm die ganze Schachtel. „Hab noch Tonnen davon in Vorrat. Wenn du Feuer brauchst, mußt du dich melden. Streichhölzer in der Zelle sind verboten." Mit diesen Worten schlenderte er zu seinem Stuhl zurück.

Jenseits der Tür zur Gefängnisabteilung, im sogenannten „Empfangszimmer", mußte sich ein etwa sechzigjähriger Mann vor Sheriff Hamlin und seinen Untergebenen Floyd und Bart verantworten. Er war groß, schlank, gut gekleidet, und sein Äußeres spiegelte Würde und Zahlungsfähigkeit wider.

„Dies ist eine völlig hirnverbrannte Anzeige!" rief der Mann empört. Seine Stimme zitterte vor Erregung. „Bei den Haaren herbeigezogen! Was bilden Sie sich überhaupt ein? Sie haben nicht das Recht, mich auch nur eine einzige Minute länger hier festzuhalten. Welche Beweise haben Sie? Wo sind Ihre Zeugen?"

„Sie brauchen *mir* nicht zu sagen, was ich zu tun habe",
sagte Hamlin, der wieder hinter seinem Schreibtisch Platz
genommen hatte. Er preßte einen Eisbeutel an seine bläulich
angeschwollene Lippe. Sie hatte unbeschreibliche Ausmaße
angenommen, so daß seine fehlenden Schneidezähne gar
nicht auffielen. „Wir sind auf der Suche nach einem Kerl, der
eine arme Frau über den Haufen gefahren und dann Fahrerflucht begangen hat. Die Sache hat sich in einer Stadt, neunzig
Meilen nördlich von hier, abgespielt. Wir werden diesen
Hund schon schnappen und hinter Gitter stecken, bis ihn die
Leute aus der Stadt abholen und vor Gericht stellen. Und
wenn's bis zum Jüngsten Tag dauern sollte – wir behalten Sie
hier, bis man Sie abholt. Die Beweiserhebung liegt bei den
Leuten der Stadt. Ich selbst habe genügend Beweise. Sie
stehen auf diesem kleinen Stück Papier." Hamlin schaute auf
das Blatt und begann zu lesen. „Limousine, Baujahr 1968,
Farbe: hellgrün-metallic, Automobilclub-Plakette auf der
Heckscheibe, rechter vorderer Kotflügel leicht eingedrückt.
Hört sich wohl nach Ihrem Schlitten an."

„Das mag sein. Aber die Delle stammt von einer ganz
anderen Sache. Da ist mir einer reingefahren..."

„Zeuge identifiziert Nummernschild wie folgt: ID-82347",
fuhr Hamlin unbeirrt fort. „Was sagen Sie jetzt, Mister? Ist
das Ihr Kennzeichen oder nicht? Und ist der Wagen auf den
Namen Howard W. Stoneman eingetragen oder vielleicht
nicht?"

„Ja, aber..."

„Und könnte man Sie wie folgt beschreiben", der Sheriff

schaute erneut auf den Zettel, "etwa sechzig Jahre alt, männlich, graumeliertes Haar, groß und schlank? Hört sich doch wohl ganz nach Ihnen an, oder?"

„Ja. Aber ich sagte Ihnen doch schon, es muß sich um einen Irrtum handeln. Niemals in meinem Leben würde ich.."

„Das reicht, Stoneman. Treten Sie vor und leeren Sie Ihre Taschen auf meinem Schreibtisch aus, aber dalli. Geben Sie's doch auf, Mann! Floyd, ist dieser Kerl am Boden festgenagelt? Bringen Sie ihn her!"

Drei Tage waren verstrichen – sehr wahrscheinlich auch Nächte –, doch das konnte Stan in seiner winzigen, dunklen Zelle nur ahnen.

In der Nacht, die auf seine Verhaftung gefolgt war, führte man einen Leidensgenossen in seine Zelle, dem die obere Pritsche zugeteilt wurde. Dennis Kinnard war ein kleiner, ruhiger Mann von zweiundfünfzig Jahren. Er wirkte eher unscheinbar hinter seiner Nickelbrille, war aber Leiter einer bekannten Konservenfabrik. Ähnlich wie Stan, war auch er mit seiner Frau in einer neuen Limousine unterwegs nach Florida gewesen, als man ihn wegen überhöhter Geschwindigkeit festnahm. Später wurde dem Paar noch eine offene Whiskyflasche untergeschoben, die man „zufällig" im Wagen fand, und man brummte ihnen obendrein eine Klage wegen Trunkenheit am Steuer auf. Die beiden sollten in Gewahrsam bleiben, bis der Richter „die Zeit fände", die Höhe der Kaution zu bestimmen.

„Natürlich", schloß Kinnard messerscharf, „ist das Ganze

nur ein abgekartetes Spiel, irgendein verdammter Schwindel, den ich mir nicht erklären kann. Und wenn es das nicht ist, dann muß der Sheriff ein Halbverrückter sein, der einen Haß auf die Welt hat, ganz besonders auf die Welt der reichen Leute. Ich wüßte nur zu gerne, was für andere arme Schlukker sonst noch in diese Sardinenbüchsen gesperrt sind. Und ich würde die goldene Taschenuhr meines Großvaters verwetten, daß die alle einen nagelneuen Wagen haben, einen, den man in dieser Gegend selten sieht. Und wenn, dann nur bei Leuten wie uns, die hier langrasen, um so schnell wie möglich nach Florida zu kommen."

„Ich habe nicht die geringste Ahnung, wie lange dieses Spielchen noch dauern soll", erwiderte Stan. „Doch dieser Wärter, von dem wir übrigens am wenigsten zu befürchten haben, meint, Hamlin hätte einen psychischen Knacks. Er würde sich für irgendeine Sache unbedingt rächen wollen."

„Wenn ich hier rauskomme", sagte Kinnard, „wird er in einer eigenen Zelle amtieren können. Und wenn ich bis vor das höchste Gericht gehen muß!"

Seit Kinnards Ankunft weigerte sich Sam, über ein eventuelles Hilfsangebot zu diskutieren. „Ich bin dabei, mir einen Plan auszudenken", raunte er Stan im Flüsterton zu. „Und kein Wort zu irgend jemandem. Auch nicht zu deinem Zellenkumpel, verstanden?"

Am Morgen des vierten Tages, als Stan wieder einmal vor Wut und Verzweiflung tobte, schloß Sam die Zellentür auf, um Dennis Kinnard zum Waschraum zu führen. Als er die

Tür wieder verriegelte, zwinkerte er Stan heimlich zu. Stan verstand das Zeichen erst, als er selbst an der Reihe war.

Der Waschraum war eine winzige Kabine am Ende des Korridors. Sie bestand aus einem einzigen Duschhahn, einem Waschbecken und einem Spiegel. Auf einem Brett unter dem Spiegel waren Rasierseife, Messer und Pinsel aufgereiht.

Sam saß auf einem Hocker, fummelte an seinem Gewehr herum und pfiff vor sich hin. Erst als Stan geduscht hatte und sich den Rasierschaum aufs Gesicht pinselte, meldete er sich zu Wort.

„Ich habe dich absichtlich als letzten drangenommen", begann er, „damit wir besser ungestört plaudern können. Zuerst werde ich dir die Geschichte von Sheriff Hamlin erzählen. Er wohnte direkt neben der Schnellstraße und hatte eine Tochter, ein niedliches Mädchen, fast neun Jahre alt. Die Mutter war seit langem tot.

Eines Tages, es muß fünf bis sechs Monate her sein, rast doch so ein Kerl mit seiner Frau die Straße runter und überholt alles, was ihm in die Quere kommt. Höchstgeschwindigkeit war fünfzig, und betrunken, wie der Hund war, schoß er mit hundertzwanzig durch die Gegend. Stellen Sie sich das vor! Muß so ein stinkreicher Typ gewesen sein, nach dem Schlitten zu urteilen."

„Und er hat das Mädchen überfahren, nehme ich an", sagte Stan und sah Sam mit seinem seifenverschmierten Gesicht fragend an.

„Klar. Das war wohl nicht schwer zu erraten. Sie konnte nicht mehr gerettet werden. Und der Typ ist ganz einfach durchgerauscht. Man hat ihn nicht erwischt. Ein Lastwagenfahrer hat zwar alles beobachtet, doch bei der hohen Geschwindigkeit war das Nummernschild natürlich nicht zu entziffern. Wie eine Rakete ist der Wagen davongeschossen."

„Woher wußte die Polizei, daß der Mann betrunken war?" fragte Stan, der sich jetzt vorsichtig an seinem vier Tage alten Bart zu schaffen machte, gleichzeitig jedoch Sam nicht aus den Augen ließ.

„Wer so fährt, wie dieser Hund, muß ganz einfach betrunken sein."

„Und jetzt macht der Sheriff jeden, der nach Geld riecht und etwas zu schnell fährt, zum Prügelknaben."

„Wie?"

„Er rächt sich, indem er Leuten wie uns einen Verstoß gegen das Gesetz unterstellt und uns hinter Gitter bringt."

„Genau. Und je länger, desto besser."

„Wie zieht er sich danach aus der Affäre?"

„Der Alte mag zwar verrückt sein, aber gleichzeitig ist er schlau wie ein Fuchs."

„Die Sache mit seiner Tocher tut mir natürlich leid", meinte Stan. „Aber was können *wir* dafür?" Er wusch sich den Schaum vom Gesicht und trocknete es mit einem Papierhandtuch ab. „Wirst du uns helfen, Sam?"

„Vielleicht. Kommt drauf an."

„Kommt worauf an?"

„Was dabei für mich herausspringt. Eine Hand wäscht die andere, ist doch klar."

„Du bist ja fast so schlimm wie Hamlin und seine Jungen."

Stan streifte sein schmutziges Hemd über und knöpfte es langsam zu. Dabei mußte er grinsen, denn er hatte nichts anderes von Sam erwartet.

„Das ist nicht wahr", protestierte Sam und rieb sich das Kinn. „Aber schließlich bin ich auch kein wandelnder Wohltätigkeitsverein. Du darfst nicht vergessen, daß das Ganze kein Kinderspiel ist."

„Was hast du dir ausgedacht, Sam?"

„Nun, Hamlin darf auf gar keinen Fall Wind von der Sache bekommen, das wäre fatal. Und so bleibt mir nur eine Möglichkeit: Ich muß euch heimlich hinausbefördern."

„Und wie?"

„Bei Nacht und Nebel, wenn Hamlin schläft und seine Raufbolde auf Streife sind."

„Das hört sich nicht schlecht an, Sam!"

„Leichter gesagt als getan. Sie werden sofort wissen, daß ich dahinterstecke. Es könnte gar kein anderer sein. Es gibt nur einen Wärter, und der bin ich. Ich hause in einem winzigen Loch direkt neben der Hauptknasttür. Egal, ob Tag oder Nacht, ich muß immer zur Stelle sein. Einmal pro Woche ist Bart dran, der war ja selbst mal Gefängniswärter. Ich hab kein Zuhause und bin froh, ein Dach über dem Kopf zu haben, wenn's auch gerade kein komfortables ist."

Stan steckte nachdenklich sein Hemd in die Hose. „Und was willst du machen, wenn sie merken, daß du uns rausgelassen hast?"

„Wenn sie mich erwischen, kann ich mein Testament machen."

„Du hast dir also schon etwas ausgedacht, Sam. Sonst würden wir hier nicht miteinander reden."

„Es gibt nur eine Lösung. Wenn ich euch hier rausgeholt habe, nehmt ihr mich mit. Vielleicht nur bis zur nächsten Staatsgrenze. Oder gleich bis Florida. Das wär 'ne Schau. Sommer, Sonne und Kokosnüsse, nette Mädchen und Sand zwischen den Zehen." Er verzog seinen Mund zu einem einfältigen Grinsen.

„Okay, Sam. Das ist ein Angebot."

„Halt, immer schön langsam, mein Freund. Warte ab, damit ich zur Sache kommen kann. Ich werde mich doch nicht nur mit einer netten Spazierfahrt in den Süden begnügen. Ich brauche schließlich auch Taschengeld. Und das nicht zu knapp. Du willst mich doch nicht verhungern oder verdursten lassen. Ein armer Kerl wie ich braucht von Zeit zu Zeit was Warmes im Magen und was Kühles für die Kehle. Außerdem ein Dach überm Kopf. Um ehrlich zu sein, ich habe schon immer davon geträumt, einen kleinen Laden aufzubauen. Vielleicht eine billige Kneipe oder eine kleine Hamburger-Bude."

„Ich habe verstanden, Sam, aber du mußt dich schon etwas präziser ausdrücken. Wieviel?"

„Nun, ich würde meinen, zehn Mille – das müßte reichen."

„Zehntausend! Das kann nicht dein Ernst sein. Bleib auf dem Teppich. Du drehst wohl durch!"

Sam zündete sich eine Zigarette an und sog den Rauch bis tief in seine Lungen. „Zehntausend", sagte er. „Entweder – oder. Hör zu, Freund, für mich ist das die Chance meines

Lebens. Für dich ist es nur ein Klacks. Stinkreicher Typ wie du." Er hielt inne. „Du kannst dir's überlegen. Zehntausend gegen was? Ein paar Monate, vielleicht ein halbes Jahr in dieser stinkigen Zelle. Wahrscheinlich sogar noch länger, um die kaputten Zähne des Sheriffs abzuzahlen. Vielleicht würdest du's sogar durchhalten. Aber nicht deine Frau. Noch eine Woche und sie steigt die Wände hoch."

Stan nickte. Sam hatte recht. Barbara würde einen Knacks fürs Leben bekommen. Und genaugenommen konnte er das Geld auch aufbringen...

„Aber ich habe nicht soviel Bargeld bei mir", sagte Stan. „Wie sollte ich es lockermachen?"

„Du stellst mir ganz einfach einen Scheck aus", meinte Sam und grinste von einem Ohr zum anderen. „Auf meinen Namen – Sam Parker. Ich bringe ihn zu meiner Bank und lasse den Betrag auf mein kleines bescheidenes Konto überweisen. Und dann brauchen wir nur noch zu warten. Wenn die Moneten da sind, hole ich euch hier raus, und wir rauschen mit deinem Schlitten nach Süden." Er ahmte Motorgeräusche nach.

„Es könnte drei bis vier Tage dauern, bis das Geld auf deinem Konto ist."

„Ja, aber ich hab eine Idee, wie ich die Sache beschleunigen kann."

„Und wie komme ich an den Scheck, Sam? Sie haben ja mein Scheckheft und alles andere beschlagnahmt."

„Der ganze Kram liegt in einem Schließfach. Ich weiß schon, wie ich an den Schlüssel komme."

„Kannst du auch die anderen Sachen holen? Brieftasche, Uhren, Ringe und Mäntel?"

„Für zehntausend. Warum nicht?"

„Und die Wagenschlüssel?"

„Die Schlüssel? Na klar. Ohne Räder kommen wir nicht weit."

„Wie kann ich wissen, ob du uns auch wirklich rausholst, sobald du das Geld hast?"

„Soll ich dir 'ne Quittung ausschreiben? Wüßtest du sonst jemanden hier, dem du vertrauen könntest?"

„Okay, Sam. Aber ich warne dich!"

„Hör auf zu drohen, oder ich laß die Sache platzen."

„Wann willst du die Geschichte in Angriff nehmen?"

„Heute nacht. Ich hole dich aus der Zelle, damit du in meiner Bude den Scheck ausstellen kannst. Wir warten, bis dieser Kinnard schläft. Er könnte mich sonst bei Bart verpfeifen, wenn der seine Wache schiebt. Bart würde dann zu Hamlin laufen, und unser Plan ist im Eimer. Also kein Wort, verstanden? Wenn Kinnard von der Sache erfährt, ist alles zu spät."

Stan nickte. „Könnte ich ganz kurz mal meine Frau sehen, Sam?"

„Kommt gar nicht in die Tüte. Das würde einen Aufstand geben. Die anderen Damen würden nämlich auch gern mal mit ihren Männern plaudern. Aber ich werde ihr heimlich ein paar Worte zuflüstern." Er wies mit dem Gewehrlauf zur Tür. „Alles fertig? Können wir gehen?"

★

Es war zwei Uhr morgens, als Sam an der Zellentür erschien. Kinnard schnarchte leise. Sam schloß geräuschlos die Tür auf und ließ Stan herausschlüpfen. Sie schlichen auf Zehenspitzen über den Korridor zu Sams winziger Behausung. Sie enthielt ein Feldbett, einen kleinen Schreibtisch und einen Stuhl. Eine Uniform und andere Kleidungsstücke hingen an Wandhaken.

Sam legte sein Gewehr auf das Feldbett und öffnete die Schublade seines Schreibtisches. „Ich hab das Scheckheft mitgebracht", sagte er und wühlte in der Lade herum. „Ich leg's nachher wieder ins Schließfach, damit keiner was merkt... Irgendwo muß doch auch mein Kugelschreiber sein", murmelte er.

Stan hatte die ganze Zeit nach dem Gewehr geschielt. Er brauchte nur danach zu greifen, Sam hatte ihm den Rücken zugekehrt. Tausend Gedanken schossen ihm durch den Kopf. Er mußte blitzschnell handeln. Wenn die anderen Polizisten in der Nähe waren, konnte es zu einer Schießerei kommen. Natürlich konnte auch Barbara dabei verletzt werden. Auf der anderen Seite – wie sollte er wissen, ob Sam ihn nicht reinzulegen versuchte?

Stan packte das Gewehr und richtete den Lauf auf Sam. „Umdrehen! Und Hände hoch!"

Sam blieb für Sekunden unbeweglich stehen. Dann hob er die Hände und drehte sich langsam um. „Das nennst du also Vertrauen!" Er schüttelte verwirrt den Kopf. „Und ich hatte schon geglaubt, wir seien Freunde."

„Ein gekaufter Freund wird einen auch für Geld verraten. Mir geht's auch gar nicht ums Geld. Geld kann ersetzt werden. Ich denke an meine Frau. Ich will sie hier rausholen, und ich verlaß mich lieber auf dieses Gewehr als auf dich. Auf jeden Fall geht's so schneller."

Sam nahm die Hände wieder herunter, zündete sich eine Zigarette an, ohne um Erlaubnis zu fragen, und lehnte sich gegen den Schreibtisch.

Ganz schön kaltblütig, dieser Sam, dachte Stan. Selbst mit dem Gewehr in der Hand, hatte er Respekt vor soviel Selbstsicherheit. „Ich will die Schlüssel, Sam. Zu den Zellen, zu meinem Wagen und zu dem Schließfach."

Sam zog an seiner Zigarette. „Willst du mich fesseln oder abknallen?"

„Weder – noch. Ich werde dir lediglich das Gewehr zwischen die Rippen schieben, damit du auch das tust, was ich dir sage."

„Und wenn ich dir die Schlüssel nicht gebe? Oder dir die Flinte wegnehme? Würdest du schießen?"

„Nein, das wäre viel zu laut, Sam. Ich würde dir nur das Ding über den Schädel hauen."

Sam grinste. „Ich wollte nur sehen, mit wem ich es zu tun habe. Jetzt laß uns die Sache mit dem Scheck erledigen. Das Gewehr ist nicht geladen." Er legte in aller Ruhe Scheckheft und Kugelschreiber auf den Schreibtisch.

Sam hatte nicht gelogen. Stan warf das Gewehr angewidert auf das Feldbett.

„Ich würde nicht mal meine eigene Mutter an mein geladenes Gewehr lassen", sagte Sam höhnisch. „Du hättest sowieso keine Chance gehabt. Ich hatte meinen Finger auf einem Knopf unter dem Schreibtisch – eine Alarmanlage, die selbst Taube aus dem Schlaf reißen würde. Also schlag dir den Unsinn aus dem Kopf. Setz dich lieber hin und stell den kleinen Scheck auf den alten Sam Parker aus."

Stan hob resigniert die Schultern. Dann ließ er sich auf den Stuhl fallen und füllte den Scheck aus.

„Die Zeit ist abgelaufen", sagte Sam und ließ den Scheck in seiner Westentasche verschwinden. „Zurück in den Käfig, komischer Vogel."

Ein weiterer Tag schleppte sich dahin. Die einzige Abwechslung waren die Mahlzeiten, die weder gut noch schlecht schmeckten, sondern einfach geschmacklos waren. Auf das Abendessen würde die Nacht folgen, die sich durch nichts anderes ankündigte, als das Erlöschen der Zellenlichter gegen neun Uhr.

Der Tag war wie alle anderen verlaufen. Hamlin war nicht aufgetaucht, nicht einmal um nach dem Rechten zu sehen. Auch seine Mitarbeiter, Floyd und Bart, hatten sich nicht blicken lassen. Nur in den ersten beiden Nächten hatten sie gelegentlich durch den Schlitz in der Zellentür geschaut.

Nachdem das Licht ausgeschaltet worden war, schlief Stan sofort ein. Stunden später wachte er auf. Da es noch immer dunkel in der Zelle war, mußte es Nacht sein. Er wälzte sich unruhig hin und her und versuchte Ordnung in seine wirren Gedanken zu bringen. Als er das Geräusch hörte, war er gerade mit dem absurden Problem beschäftigt, sich an die genaue Augenfarbe seiner Frau zu erinnern. War es möglich, daß er sie vergessen hatte?

Das Geräusch wurde durch ein leises Quietschen der Zellentür verursacht. Er erkannte Kinnard, der auf Zehenspitzen hereinschlich, während Sam behutsam die Tür hinter ihm verriegelte.

Stan sprang von seiner Pritsche auf. Verwirrt blieb Kinnard stehen und tat dann einen Schritt zurück.

„Wo waren Sie?" fragte Stan, obwohl er es nur zu genau wußte.

„Ich... ich hatte ein Schwätzchen mit Sam", stotterte Kinnard. „Ich wollte rausbekommen, ob er nicht eine Nachricht von uns nach draußen schleusen könnte."

„Und was hat er gesagt?"

„Nichts. Nur, daß es zu riskant sei."

„Und als Sie den Scheck unterschrieben haben, was hat er da gesagt?"

„Was für einen Scheck?"

„Du bist ein sympathischer Kerl, Dennis, aber gleichzeitig ein Lügner."

So als wollte er ein Geständnis ablegen, ließ sich Dennis auf Stans Pritsche fallen und schaute auf seine Hände.

„Wann hat er dich in die Mangel genommen? Als er dich zum Duschen geholt hat?"

Kinnard nickte stumm.

„Und dann hat er dir geraten, den Mund zu halten und vor allen Dingen mir kein Sterbenswörtchen zu verraten, stimmt's?"

Kinnard sah ihn mit einem resignierten Lächeln an.

„Anscheinend hat er es bei dir auf dieselbe Tour versucht", murmelte er.

„Man hat uns reingelegt!" rief Stan mit schriller Stimme. „Reingelegt wie all die anderen Trottel, die sich wegen einer Nichtigkeit haben einlochen lassen."

„Du hast recht, verflucht noch mal", sagte Kinnard. „Was sollen wir jetzt nur tun?"

„Was wir tun sollen? Gar nichts können wir tun. Warten, was sie sich als nächstes ausdenken."

„Irgendwann müssen sie uns doch rauslassen", meinte Kinnard kleinlaut. „Oder?"

„Irgendwann, das kann in einem halben Jahr sein", erwiderte Stan. „Und wenn ich's mir genau überlege, warum sollten sie uns freilassen? Wir wissen zuviel, und wir sind zu zahlreich, da muß man uns schon ernst nehmen. Außerdem sind da noch unsere Schecks. Auch die Tatsache, daß wir vermißt werden, macht unsere Geschichte glaubhaft. Schließlich sind wir die Leute, die auf mysteriöse Weise auf dem Weg nach Süden verschwunden sind. Sie werden die ganze Gegend nach uns absuchen."

„Trotzdem", sagte Kinnard, „es bleibt ihnen gar keine andere Wahl, als uns freizulassen. Entweder sie lassen uns hier raus, oder..."

„Oder was, Dennis? Versetz dich einmal in die Lage eines Gangsters, der in eine so schmutzige Erpressungsgeschichte verwickelt ist, daß ihm mindestens lebenslängliche Haft blüht. Im Grunde genommen handelt es sich sogar um einen Fall von Entführung, nur daß wir selbst das Lösegeld zahlen.

Was also würdest du an ihrer Stelle mit solchen ehrwürdigen Bürgern tun, die als erstes zur Polizei laufen, um dich anzuzeigen?"

„Was ich tun würde?" erwiderte Kinnard, und seine Miene wurde immer finsterer. „Ich ziehe es vor, die Frage nicht zu beantworten."

„Damit hast du sie aber schon beantwortet, lieber Dennis", sagte Stan und lachte verbittert.

Die folgenden fünf Tage sollten noch unerträglicher werden, und die Nervenanspannung wuchs ins Unermeßliche. Jede geringste Kleinigkeit wurde von den Zelleninsassen registriert und gedeutet. Dennoch wußte keiner, was man mit ihnen vorhatte. Für einen Tag und eine Nacht war Sam verschwunden. Er wurde durch Bart ersetzt. Danach blieb Sam stumm wie ein Fisch. Alle Fragen, die ihm von einem Dutzend verzweifelter Stimmen zugebrüllt wurden, blieben unbeantwortet.

Er reichte kommentarlos die Plastiktabletts mit dem Essen durch die Türöffnung. Für einen kurzen Augenblick erschien sein kantiges, ausdrucksloses Gesicht in dem Türschlitz. Dann verschwand er und tauchte erst wieder auf, wenn die nächste Mahlzeit verteilt werden mußte.

Am Abend des fünften Tages, nachdem Stan den Betrug aufgedeckt hatte, blieb das Essen aus. Als die Zellenlichter gegen neun Uhr erloschen, hatte noch keiner der Insassen einen Happen zu sich genommen. Auch saß Sam nicht an seinem üblichen Platz am Ende des Korridors – mit seiner

Zigarette im Mundwinkel und dem griffbereiten Gewehr.

Stan und Kinnard stellten die verschiedensten Theorien auf, was diese neue Situation anbetraf. Die Resultate wurden lauthals mit denen der anderen Zelleninsassen ausgetauscht, was in einen ohrenbetäubenden Lärm ausartete. Eine der Stimmen gehörte Barbara, das erkannte Stan ganz genau. Sie war schriller und hysterischer als alle anderen. Nach einer Weile verstummten sämtliche Geräusche. Man hörte nur noch ein entferntes Pochen oder Hämmern, das Stan schließlich als einen Generator identifizierte.

Als auch dieses Geräusch abrupt abbrach, erloschen auch die Lichter auf dem Gang. Panik brach aus. Da wurde gegen Wände getrommelt, gegen Türen getreten und tierisch geschrien. Nach einer Weile beruhigten sich alle Insassen wieder. Absolute Stille trat ein.

„Weißt du, was jetzt los ist?" raunte Stan Kinnard zu, der völlig niedergeschlagen an der Tür lehnte. „Sie sind abgehauen. Allesamt abgehauen."

„Meinst du, sie haben sich aus dem Staub gemacht, um uns hier verhungern zu lassen?" fragte Kinnard entsetzt.

„Du sagst es", gab Stan zurück, den plötzlich Entsetzen und Hilflosigkeit überkam. Barbara war nur wenige Schritte von ihm entfernt, und er würde sie nicht einmal trösten können. Er tastete sich zur Tür und rief: „Keine Panik, Barbara! Bleib ruhig. Wir werden einen Ausweg finden!"

Er hörte als Antwort nur ein gedämpftes Schluchzen. Zerknirscht trat er von der Tür zurück und ließ sich stöhnend auf seine Pritsche fallen.

Kinnard nahm zögernd auf seinem oberen Bett Platz. Nach einer Minute begann er herumzuschnuppern und flüsterte: „Ich glaube, es riecht nach Rauch."

Stan hob den Kopf und atmete tief ein. „Dieselbe muffige Luft wie eh und je. Ein Feuer spielt sich nur in deiner Phantasie ab."

„Vielleicht hast du recht", erwiderte Kinnard. „Ich habe aber Rauch gerochen und traue denen das auch ohne weiteres zu. Die lassen uns hier verkohlen, und jeder wird denken, es sei nur ein Unfall gewesen. Ist doch ganz logisch!" Seine Stimme bebte vor Erregung.

Stan holte ein weiteres Mal tief Luft. Spielte ihm jetzt seine Phantasie einen Streich, oder hatte auch er Rauch gerochen?

„Rauch oder nicht Rauch", sagte er schließlich. „Fang bloß nicht an, ‚Feuer' zu brüllen. Die Leute würden hysterisch werden."

„Es wird plötzlich immer kälter", brummte Kinnard nach einer Weile. „Die haben die Heizung ausgestellt, damit wir hier erfrieren. Und obendrein diese totale Finsternis. Wir werden noch nicht einmal wissen, ob es Tag oder Nacht ist, wenn wir krepieren."

„Hör bloß mit dem blöden Gefasel auf, Kinnard. Du gehst mir langsam auf die Nerven."

Stan legte seine Arme um seine eigenen Schultern, um sich warm zu halten und schloß die Augen. Überraschenderweise schlief er auf der Stelle ein. Für wie lange? War es eine Minute oder eine Stunde gewesen? Irgend etwas hatte ihn aufgeweckt, ein Geräusch, das er nicht einzuordnen wußte. Er lauschte angestrengt. Plötzlich – ein deutliches Klimpern von Metall an der Zellentür, ein Geräusch, das er sofort wiedererkannte. Er sprang blitzartig auf und stieß mit Kinnard zusammen, der gerade von der oberen Pritsche herunterstieg. Stan ließ sich auf die Knie fallen und tastete den Fußboden ab. Als er wieder hochkam, hielt er triumphierend einen großen Schlüssel in der Hand. Er zwängte seinen Arm durch den Türschlitz, fand das Schlüsselloch und drehte den Schlüssel zweimal um. Die Zellentür sprang auf.

„Überstanden, Dennis", sagte er mit ruhiger Stimme. „Wir sind frei!"

Stan steckte den Schlüssel ein, packte Kinnard am Arm und tastete sich den Korridor entlang. „Wir müssen versuchen, irgendein Licht zu finden", flüsterte er, als sie die Verbindungstür zwischen Zellenblock und Büroräumen erreicht hatten. „Streichhölzer würden's schon tun."

Auch diese Tür war nicht verriegelt. Stan öffnete sie behutsam. Sie wurden durch das sanfte Flackern einer Petroleumlampe begrüßt, die auf Hamlins Schreibtisch stand und tanzende Schatten auf die nackten Wände warf.

„Nette Geste", murmelte Kinnard. „Sieht so aus, als hätten sie im letzten Augenblick ihre Tat bereut und wollten sich von ihrer sanftmütigen Seite zeigen."

„Unsinn", erwiderte Stan. „Der alte Sam hat nur in der Eile seine Laterne vergessen."

Sie kramten sämtliche Schubladen durch. Alles war leer – nicht einmal ein Schnipsel Papier im Aktenschrank. Die Tür des Schließfachs stand sperrangelweit offen – auch hier nichts als gähnende Leere. Doch auf einem der Tische lagen Mäntel und Handschuhe aufeinandergestapelt. Selbst Barbaras kostbarer Pelzmantel war zurückgeblieben!

Stan trat ins Freie und starrte in die finstere Nacht. Er sah weit und breit kein Haus, nur Wälder und in der Ferne eine halbzerfallene Scheune und eine alte Baracke. Er lief zu den Gebäuden, umkreiste sie und kam zurück. „Es ist nur ein verlassener Bauernhof", berichtete er. „Verdammte Bande von falschen Polizisten! Sie haben sich alles unter den Nagel gerissen – Geld und Autos. Und wir dürfen zu Fuß gehen!"

„Macht nichts", meinte Kinnard. „Hauptsache, wir sind frei." Er war glücklich.

Stan nahm die Laterne. „Komm Dennis. Laß uns die Gefangenen befreien."

Sechs Männer und fünf Frauen standen dicht aneinandergedrängt unter dem sternenklaren Winterhimmel. Stan drückte Barbara fest an sich. Sie starrten wie gebannt auf ihr düsteres Gefängnis, in dem sie mehr als eine Woche eingesperrt gewesen waren.

„Wir sollten den Schuppen anzünden", rief Howard Stoneman, der angeblich Fahrerflucht begangen hatte.

„Kommt nicht in Frage", entgegnete Stan. „Damit würden wir nur unser Beweismaterial vernichten. Diese Hunde sollen schließlich erwischt werden."

„Das überlassen wir lieber der Polizei", meinte Dennis. „Falls wir im Umkreis von hundert Meilen einen echten Polizisten finden."

„Wie weit ist es bis zur nächsten Stadt?" fragte Stoneman.

„Sam sagte mal etwas von drei Meilen", erwiderte Stan.

„Ein netter Spaziergang bei dieser Kälte", brummte Kinnard vor sich hin.

„Auf meinen hohen Schuhen übersteh ich das nie!" jammerte eine Frau.

„Wir schaffen es schon", erwiderte eine männliche Stimme, „und wenn ich dich den ganzen Weg trage."

„Dann wollen wir aufbrechen", meinte Stan.

In dem finsteren Gemäuer der alten Scheune warteten Sheriff Hamlin und seine Komplizen, Floyd, Bart und Sam. Von Zeit zu Zeit spähte einer von ihnen durch das Scheunentor. Sie hatten ihre Uniformen gegen Overalls und Westen eingetauscht, die sie sonst nur trugen, wenn sie „Feierabend" machten. Hamlin stellte zufrieden fest, daß sich der Schein der Laterne immer weiter entfernte. Neben ihm stand Sam und fragte ungeduldig nach der Höhe der Beute.

„Ich habe alles im Kopf ausgerechnet", kündigte Hamlin an. „Erst mal sind da die sechzigtausend von den Schecks, die Sam über die Bank eingelöst hat. Dann etwa sechs Mille Bargeld und die Reiseschecks, die wir fälschen können. Die Uhren, Ringe und der andere Kram dürften uns noch mal etwa fünf Mille einbringen, wenn der Hehler nicht gerade seinen geizigen Tag hat."

„Abzüglich der Miete für den Schuppen macht das zusammen rund siebzigtausend, wenn ich mich nicht irre. Das Ganze hat uns neun Tage gekostet – also knapp acht Mille pro

Tag. Mensch, das war diesmal aber 'ne fette Beute!" rief Sam und rieb sich die Hände.

„Zu schade, daß wir die teuren Schlitten nicht zu Geld machen können", brummte Floyd. „Damit kämen wir insgesamt bestimmt auf mehr als hundert Mille."

„Zu riskant", meinte Hamlin. „Daran wollen wir uns lieber nicht die Finger verbrennen."

„Tut mir geradezu in der Seele weh, sie hier stehenzulassen", sagte Bart betrübt. „Die werden irgendwann zurückkommen und damit davonbrausen. Wirklich zu schade."

„Ich hab die nur hier versteckt, damit wir Zeit gewinnen", erklärte Hamlin. „Zu Fuß brauchen sie Stunden, bis sie die Polente benachrichtigen können."

Er starrte hinaus in die finstere Nacht und sah die Laterne ein letztes Mal aufleuchten, bevor sie hinter der Straßenbiegung verschwand.

„Okay", sagte er. „Sie sind außer Sichtweite. Wir machen uns aus dem Staub. Bis die Bullen Bescheid wissen, sind wir über alle Berge."

Das Scheunentor wurde aufgestoßen, und Floyd fuhr den ehemaligen Streifenwagen hinaus, der jetzt wieder wie ein normaler Pkw aussah. Sam schloß das Tor und schlüpfte zu den anderen ins Auto. Floyd gab Gas und jagte bis zur *Sheriff Station.* Dort stieg Sam aus und suchte die Räume mit seiner Taschenlampe ab. Kurz darauf saß er wieder im Auto.

„Alles in Butter", sagte er. „Wir haben nicht die geringsten Spuren hinterlassen." Nach einer Pause fuhr er dann fort: „Was hat es nur für Arbeit gekostet, den Schuppen in ein kleines gemütliches Gefängnis umzubauen. Verdammt noch mal – und das alles für nichts."

„Sind siebzig Mille etwa nichts?" schnauzte ihn Hamlin an. „Außerdem, mein lieber Sam, werden wir noch so manches alte Haus in einen Knast verwandeln."

„Los, gib Gas, Floyd! Die nächsten warten doch schon darauf, übers Ohr gehauen zu werden."

Nur fünf Minuten...

„Wenn Sie sich ein wenig gedulden wollen, Mr. Wilson", säuselte die aufreizend schöne Vorzimmerdame und legte den Hörer der Sprechanlage auf. „Er wird Sie in wenigen Minuten empfangen."

„Vielen Dank, sehr freundlich von Ihnen", sagte Harry Wilson. Er versuchte krampfhaft, sie nicht anzustarren, was ihm jedoch nicht im entferntesten gelang. Sie trug nämlich nur einen Bikini – wie alle an diesem Ort. Doch nicht jeder hier war ein üppig geformtes Filmsternchen, das erst seit ein paar Jahren tot war. Harry rieb sich die Augen.

„Es könnte nicht schaden, wenn Sie ein paar nette Worte über seine Hörner verlören", meinte die Sekretärin zu ihm.

„Wie bitte?" fragte Harry.

„Seine Hörner", wiederholte die Sekretärin. „Er ist ein prächtiger Kerl, wissen Sie, doch schrecklich eitel, was seine Hörner angeht. Er wäre sicherlich entzückt, wenn Sie ihm ein kleines Kompliment machten, ganz beiläufig, natürlich."

„Mach ich", erwiderte Harry, noch immer voll darauf konzentriert, sie nicht anzustarren. „Danke für den Tip."

Die Sekretärin lächelte ihm zu und widmete sich dann wieder ihrer Schreibmaschine.

„Miss?"

„Ja, bitte?"

„Interviewt er alle Neuankömmlinge?"

„Um Himmels willen, nein", antwortete sie mit jener sanften, verführerischen Stimme, die er aus vielen Filmen kannte. „Das wäre schon zeitlich gar nicht möglich. Wir haben täglich Tausende von neuen Gästen. Zehntausende sogar an manchen Tagen."

„Dann muß es sich doch wohl um eine ernste Sache handeln", meinte Harry nachdenklich.

„Darüber brauchen Sie sich keine Gedanken zu machen", erwiderte die Sekretärin. „Es wird schon alles gutgehen."

„Das hoffe ich auch", sagte Harry. „Ich bin zwar erst seit vier Stunden hier, aber... aber es waren die glücklichsten und schönsten meines Lebens."

Die Sekretärin lachte. „Ihres Lebens! Ich glaube nicht, daß das der passende Ausdruck ist. Doch ich weiß, was Sie meinen. Alle Neuankömmlinge haben dieses Gefühl."

Die Sprechanlage summte leise. Die Sekretärin nahm den Hörer ab, lauschte und nickte ihm dann zu. „Sie können jetzt eintreten, Mr. Wilson."

Harry ging auf die schwarze Tür zu, auf der in rauchendem Schwefel das Initial T prangte. Er ergriff den Türknopf.

„Und nicht vergessen", erinnerte ihn die Sekretärin mit

flüsternder Stimme, „sagen Sie etwas Nettes über seine Hörner."

„Okay", erwiderte Harry und trat in das Hauptbüro.

Die Gestalt hinter dem massiven Schreibtisch lächelte, erhob sich umgehend und streckte Harry die Hand hin.

„Nett von Ihnen, vorbeizuschauen, Harry. Und angenehm, Ihre Bekanntschaft zu machen." Seine Stimme klang tief und melodisch. Sie war genauso kräftig wie sein Händedruck.

„Danke, Sir", sagte Harry.

„Nennen Sie mich Nick", meinte das Wesen und deutete Harry durch eine Handbewegung an, neben seinem Schreibtisch Platz zu nehmen. „Wir legen hier keinen Wert auf Formalitäten. Setzen Sie sich und lassen Sie uns ein wenig plaudern."

Nick lehnte sich tief in seinen Sessel zurück, faltete die Hände hinter seinem Nacken und sah seinen Besucher freundlich an.

Harry hatte keine Zweifel – die Herzlichkeit war nicht gespielt. Gleichzeitig aber spürte er, daß sich Nick trotz seines zwanglosen Gebarens unbehaglich fühlte. Er schien etwas Unangenehmes sagen zu müssen, das ihm nicht über die Lippen wollte.

„Nun, Harry. Wie gefällt es Ihnen bei uns? Sie haben sich bestimmt inzwischen umgesehen."

„Ich find's herrlich. Es ist so großartig, daß ich es kaum glauben kann."

„Kaum? Was haben Sie denn erwartet? Man scheint sich ja die schlimmsten Geschichten zu erzählen."

„Das kann man wohl sagen", erwiderte Harry. „Doch um Ihnen die Wahrheit zu sagen, Sir, ich..."

„Nick."

„Ja. Um ehrlich zu sein, Nick, ich habe nie geglaubt, daß es so einen Ort wirklich gibt."

Nick lachte. „Und was ist mit dem anderen Ort, Harry? Haben Sie auch daran nie geglaubt?"

„Nicht wirklich. Ich weiß nicht... Ich konnte mich im Grunde weder für den einen noch für den anderen entscheiden."

„Naja, da oben...", sagte Nick und hob die Brauen. „Sie sind jetzt etwa vier Stunden hier, wenn ich mich nicht irre."

„Und was für vier Stunden! Ich glaube, ich hatte noch nie soviel Spaß. Ich habe mich in all den dreißig Jahren meines Lebens nie so amüsiert wie in den wenigen Stunden, seit ich tot bin."

„Sie haben also nichts gegen unsere Damen einzuwenden, Harry, oder?"

„Wie könnte ich! Eine ist hübscher als die andere." Harry hielt inne und dachte an den Tip, den ihm die Sekretärin gegeben hatte. Dann räusperte er sich und fuhr fort: „Ich hoffe, Sie finden mich nicht zu direkt, Nick, aber ich muß sagen, Sie haben da wirklich ein paar prächtige Hörner."

„Oh, danke Harry", erwiderte Nick, offensichtlich entzückt. „Um ehrlich zu sein, das verdanke ich vor allem meinem Hornwachs." Er deutete auf eine kleine runde Zinndose, die er als Briefbeschwerer benutzte. „Eine chemische Formel, die ich selbst im Laufe von ich weiß nicht wie vielen Jahrtausenden entwickelt habe."

„Es muß ein sehr wirksames Mittel sein, das läßt sich nicht leugnen."

Nick lächelte. „Trotzdem, Harry, wie angenehm unser kleiner Ort hier unten auf den ersten Blick erscheinen mag, so hat er doch auch seine weniger erfreulichen Seiten."

„Ich wüßte nicht, welche", entgegnete Harry. „Nach dem, was ich bisher gesehen habe, scheint sich hier jeder nach Herzenslust zu amüsieren."

„Da haben Sie recht", sagte Nick. „Aber finden Sie nicht, daß es hier um ein paar Grade zu warm ist?"

„Das ist mir nicht unangenehm aufgefallen", erwiderte Harry. „Genauer gesagt, ich habe es kaum bemerkt."

„Wissen Sie, wir müssen Atmosphäre schaffen", fuhr Nick fort. „Schließlich haben auch wir eine gewisse Tradition zu wahren. Und der Geruch nach Schwefel, stört er Sie nicht ein bißchen?"

„Nicht im geringsten", antwortete Harry eifrig. „Nun, der Rauch hat mir anfangs etwas in den Augen gebrannt. Inzwischen hab ich mich aber ganz und gar daran gewöhnt. Ich merk's kaum noch."

„Das höre ich gern." Nick schwieg für einen kurzen Augenblick, dann fuhr er fort. „Harry..."

„Ja, Sir? Ich meine – ja, Nick?"

„Harry, ich habe leider schlechte Nachrichten für Sie."

Harry schluckte. „Schlechte Nachrichten?"

„Ja, Harry, sehr schlechte. Uns ist ein Fehler unterlaufen. Ich weiß selbst nicht genau, wo er sich einschleichen konnte, doch es ist nun einmal passiert. Wir haben erst kürzlich unsere Personalabteilung auf Computer umgestellt, vielleicht war es ein Irrtum des Geräts. Oder jemand aus der Prüfungsabteilung hat sich geirrt. Und natürlich ist auch das Auslesekomitee nicht unfehlbar. Wie dem auch sei, Harry, uns ist ein unglaublicher Fehler unterlaufen." Nick schaute etwas verlegen zur Seite.

„Ein Fehler?" fragte Harry beklommen.

Nick seufzte tief. „Genau. Ich meine, es ist sinnlos, wie die Katze um den heißen Brei zu schleichen. Die Sache ist die: Sie besitzen nicht die Qualifikationen, um hier aufgenommen werden zu können."

Harry erhob sich von seinem Sessel. „Was? Ich habe nicht die Qualifikationen?"

„Tut mir leid, Harry. Genaugenommen gehören Sie nach oben, an den anderen Ort."

„Aber jetzt bin ich doch schon unten", rief Harry. „Es gefällt mir hier. Ich versteh das einfach nicht!"

„Ihre Zeugnisse entsprechen nicht unseren Anforderungen, Harry", sagte Nick und langte nach einer Aktenmappe auf seinem Schreibtisch. „Hier sind die Unterlagen. Sie waren, verdammt noch mal, immer ein braves, liebes Kind. Ihr ganzes Leben lang, bis zu Ihrem Tod vor vier Stunden, haben Sie nichts Unrechtes getan, Harry. Nicht einmal in Gedanken! So ein makelloser Lebenslauf ist mir schon seit mehreren Jahrhunderten nicht mehr untergekommen."

„Aber...", begann Harry. Er biß sich auf die Lippen und starrte zu Boden. Es stimmte, nicht einmal war er vom Pfad der Tugend abgewichen.

„Ich hoffe, Sie haben Verständnis für meine Haltung", sagte Nick. „Mir bleibt wirklich keine andere Wahl in dieser dummen Angelegenheit."

„Sie meinen, Sie wollen mich raufschicken?"

Nick sah ihn bedauernd an. „Ich tue es wirklich ungern. Doch Sie gehören ganz einfach nicht hierher. So leid es mir tut, ich muß Sie raufschicken."

Harry ließ die Schultern hängen. „Und wie ist es da oben?" fragte er niedergeschlagen.

„Oh, nicht schlecht, es wird Ihnen bestimmt gefallen", erwiderte Nick mit gekünstelt fröhlicher Stimme. „Übrigens, sind Sie musikalisch? Die Harfe ist doch ein herrliches Instrument, finden Sie nicht?"

„Ich kann nicht mal 'ne Flöte von 'ner Geige unterscheiden", erklärte Harry. „Und außerdem hab ich zwei linke Hände. Spielen die etwa alle Harfe da oben?"

„Ja", erwiderte Nick, „das tun sie."

„Und was treiben sie sonst noch?"

Nick zuckte entschuldigend die Achseln. „Nicht sehr viel, muß ich gestehn. Ihr bekommt nur alle Flügel und könnt ein bißchen herumflattern."

„Aha", meinte Harry nachdenklich. „Harfe spielen und herumflattern."

„Zugegebenermaßen, es ist nicht viel los da oben", fuhr Nick fort.

„Hören Sie", rief Harry plötzlich, und seine Augen blitzten hoffnungsvoll auf. „Ich habe einmal zwanzig Dollar bei einem Preisausschreiben gewonnen und nicht dem Finanzamt gemeldet."

Nick lächelte bedauernd. „Tut mir leid, Harry."

Harry schüttelte den Kopf. „Ironie des Schicksals", murmelte er. „Edna möchte um alles in der Welt da oben hin. Sie rechnet sogar fest damit. Sie..."

„Edna?"

„Ja, meine Frau."

„Stimmt", sagte Nick und öffnete erneut Harrys Akte. „Ich habe ein miserables Namengedächtnis."

„Sie will unbedingt nach oben. Sie sagt, sie kann es kaum erwarten. Und ich? Ich muß nun tatsächlich rauf, obwohl ich nichts sehnlicher wünschte, als hier unten zu bleiben."

„Hm", meinte Nick und ging noch einmal die Akte durch. „Ihre Frau scheint ganz schön energisch zu sein, Harry."

„So ist es, Nick. Gelinde gesagt."

„Ich will Ihnen natürlich nicht zu nahe treten", fuhr Nick fort, „aber nach Ihrer Akte zu urteilen, hat sie Ihnen das Leben nicht leichtgemacht."

„Sie hat einen äußerst starken Willen", gab Harry zu.

„Das scheint mir auch so", sagte Nick. „Sie durften zu Hause nicht mal Ihr Pfeifchen rauchen?"

„Nein."

„Und auch nicht trinken? Nicht mal ein Fläschchen Bier am Geburtstag?"

„Nein."

„Auch nicht hin und wieder mit Kollegen zum Kegeln gehen?"

„Nein."

„Sie mußten am Monatsende Ihr ganzes Gehalt abliefern?"

„Ja."

„Und Sie mußten immer um den Dollar für die Kantine und die Buskarte betteln?"

„Ja."

„Was passierte mit dem restlichen Gehalt?"

„Edna besaß einen äußerst kostspieligen Geschmack."

„Scheint so. Und Sie mußten tatsächlich in der Küche auf dem Feldbett schlafen?"

„Ja, das stimmt. Edna zog es vor, daß ich dort übernachte, damit ich ihr nachts schneller etwas bringen konnte, ein Glas Wasser oder sonst etwas."

Nick schloß die Akte wieder und trommelte mit seinen frisch manikürten Krallen auf die Schreibtischplatte. Dabei sah er nachdenklich vor sich hin. „Es ist jetzt genau 3.45 Uhr in Ihrem Landesteil", sagte er schließlich. „Sie sind vor etwa viereinhalb Stunden im Schlaf gestorben."

„Stimmt", erwiderte Harry.

„Ihre Frau müßte jetzt noch tief schlafen."

„Sicherlich."

„Und niemand da oben weiß, daß Sie tot sind?"

„Nein. Aber wieso...?"

„Harry, Sie haben in all den Jahren Ihres Lebens niemals etwas Böses getan. Wenn ich Sie noch einmal nach oben entließe, glauben Sie, Sie brächten es über sich, nur eine einzige Missetat zu begehen?"

„Ich... ich könnte es versuchen", meinte Harry zögernd.

„Versuchen, das reicht nicht", sagte Nick. „Brächten Sie's fertig, Harry? Ich frage Sie ganz offen. Ja oder nein?"

„Ich glaube, ich... Ja, Nick, ganz bestimmt. Ich würde es schaffen."

„Gut", sagte Nick mit einem sichtlich zufriedenen Lächeln, „denn wenn's Ihnen wirklich gelingt, dann dürfen Sie hier bei mir bleiben."

„Ist das Ihr Ernst, Nick?" rief Harry aufgeregt. „Menschenskind, das ist ja phantastisch!"

„Armer Harry", sagte Nick. „‚Menschenskind'! Sie haben ja nicht mal gelernt, richtig zu fluchen!" Er lachte. „Doch lassen wir das. Ich nehme an, Sie haben bereits erraten, worum es geht?"

„Hm... nun ich..."

„Nein, harmlos, wie Sie sind, konnten Sie's natürlich nicht erraten", fuhr Nick fort. „Also, Harry, es wird alles sehr schnell und sehr einfach sein. Und wenn's vorbei ist, dürfen Sie zurückkommen – als rechtmäßiger Bewohner dieses Ortes – bis in alle Ewigkeit."

„Hab ich dann die erforderlichen Qualifikationen?"

„Voll und ganz."

„Und was muß ich tun?"

„Sie werden in Ihrem Bett, genauer gesagt, Ihrem Feldbett, aufwachen – und zwar lebendig. Messer gibt's in jeder Küche, Harry. Also nehmen Sie eins, ein besonders scharfes, und..."

Harry schnappte nach Luft.

„Sagten Sie nicht, Ihre Frau wollte um jeden Preis dort oben

92

hin und könnte es kaum noch erwarten?"

„Ja, aber..."

„Auf diese Weise wird Ihr Traum Wirklichkeit. Sie werden also etwas sehr Nützliches und Gutes tun, Harry."

„In diesem Sinne schon, aber..."

„Kein aber, Harry; es ist nützlich. Und gleichzeitig würden Sie ein Verbrechen begehen – eine sehr böse Tat, die Ihnen jedoch die erforderlichen Qualifikationen zur Aufnahme einbringt, und das ist ja Ihr Ziel."

Harrys Herz klopfte zum Zerspringen. „Menschenskind, Nick, Sie haben recht!" rief er außer Atem. „Ednas Wunsch und auch meiner gingen dann in Erfüllung."

„Und meiner ebenfalls", sagte Nick. „Irgendwie habe ich Sie liebgewonnen, Harry. Ich würde Sie nur zu gerne hier unten haben."

„Ich weiß gar nicht, wie ich Ihnen danken soll", murmelte Harry.

Nick kicherte vor sich hin. „Und bitte, überlegen Sie sich's nicht anders. Wie wär's, wenn wir das Ganze sofort hinter uns brächten?"

„Donnerwetter, ja!" rief Harry und sprang auf. „Je eher, desto besser!"

„Nur noch eins, Harry", sagte Nick und griff zum Hörer seiner Sprechanlage. „Sobald Sie dort oben angelangt sind, bleiben Ihnen nur fünf Minuten. Die Bestimmungen bei solchen Sonderverfahren sind leider sehr strikt. Fünf Minuten, Harry. Nicht eine Sekunde länger."

„Das ist mehr Zeit, als ich brauche", meinte Harry. „Ich

würd's in der Hälfte schaffen."

„Das dachte ich mir auch. Ich wollte Sie nur offiziell davon in Kenntnis setzen." Nick drückte auf den Knopf der Sprechanlage. „Bitte bereiten Sie alles für Mr. Wilsons umgehende Rückkehr in seine Körperhülle vor", trug er seiner Sekretärin auf. „Und informieren Sie die Empfangsabteilung, damit er ohne Schwierigkeiten zurückkehren kann."

„Ja", ertönte die honigsüße Stimme.

„Donnerwetter", sagte Harry. „Das ist ja fast zu schön, um wahr zu sein."

Nick erhob sich, schüttelte Harrys Hand, klopfte ihm auf die Schulter und begleitete ihn zur Tür.

„Viel Glück!" sagte er. „Sie werden schneller wieder hier sein, als Sie sich vorstellen können. Und machen Sie sich keine Sorgen."

Als Harry wieder zu Bewußtsein kam, standen die Leuchtzeiger der Küchenuhr auf genau fünf Minuten vor vier. Es lag draußen Schnee, und ein winterliches Mondlicht drang durch das Fenster – kalt, blaß und fern.

Harry erhob sich schnell von seinem Feldbett, nahm das Tranchiermesser aus dem Schränkchen über dem Spülbecken und schlich auf Zehenspitzen über den Flur zum Schlafzimmer seiner Frau.

Neben dem Bett blieb er fast eine Minute bewegungslos stehen und wartete, bis sich seine Augen an die Dunkelheit gewöhnt hatten. Seine Frau lag ruhig da und schnarchte leise – eine große, formlose Masse unter der Heizdecke.

Harry ergriff einen Zipfel der Decke und zog sie behutsam bis zur Taille seiner Gattin. Dann hob er das Messer in einer dramatischen Geste hoch über seinen Kopf, rechnete den Abstand aus, umklammerte den Griff so fest, daß seine Handknöchel schmerzten, balancierte auf seinen Fußballen, um sich für den tödlichen Stoß bereit zu halten, holte tief Luft und – erstarrte gleichsam zu einer Salzsäule.

Da stand er nun in „bester" Absicht, doch er brachte es einfach nicht über sich. Im Zeitlupentempo ließ er das Messer sinken.

Trotz der Kühle im Zimmer waren seine Handflächen feucht. Harry wischte sie an seiner Pyjamajacke trocken. Er verspürte einen Schmerz in der Brust, und es wurde ihm klar, daß er die ganze Zeit den Atem angehalten hatte. Er sog die kühle Luft in seine Lungen ein und trat von einem Fuß auf den anderen, um das Zittern seiner Knie zu verhindern.

Ich muß es tun, dachte er. Ich muß diese schreckliche Sache hinter mich bringen.

Er hob erneut das Messer und konzentrierte Körper und Geist auf den mörderischen Stoß, die „Eintrittskarte" zu jenem ersehnten Ort. Und wieder war es wie beim ersten Mal. Er stand wie versteinert da, das Messer hoch über dem Kopf haltend, und das Zittern ergriff seinen ganzen Körper. Wertvolle Sekunden verstrichen.

Unten auf der Straße fuhr ein Auto vorbei – ein Glied der Schneekette schlug rasselnd gegen einen Kotflügel. In der Ferne ertönte die Sirene eines Streifenwagens. Dann herrschte Totenstille.

Ich schaffe es nicht, dachte Harry. Ich bring's einfach nicht über mich.

Natürlich schaffst du's, schien ihn eine Stimme zu ermuntern. Du mußt es einfach schaffen. Die Ewigkeit ist eine verdammt lange Zeit, Harry. Möchtest du sie an einem Ort verbringen, wo du nichts anderes tun kannst, als Harfe spielen und hin- und herflattern?

Um Gottes willen! dachte Harry. Nein! Das würde ich nicht aushalten. Schon gar nicht, nachdem ich gesehen habe, wie es an dem anderen Ort zugeht. Ich könnt's einfach nicht aushalten.

Dann bring sie um, fuhr die Stimme fort. Sieh auf den Wecker auf dem Nachttisch. Deine Zeit flieht. Willst du nicht dorthin zurück, wo Nick ist? Wo die vielen hübschen Mädchen sind?

Ja, o ja!

Dann tu's! fuhr die Stimme fort. Wenn du die Ewigkeit dort verbringen willst, mußt du auch was dafür auf die Beine stellen. Dir bleiben nur noch wenige Sekunden, Harry. Erheb noch einmal dein Messer – ja, recht so – und...

Harry stach zu.

Ich hab's geschafft! dachte er triumphierend. Ich hab's geschafft! Ich komme in die Hölle!

„Gratuliere, Mr. Wilson, gratuliere!" begrüßte die bezaubernde Sekretärin Harry, als er das Vorzimmer zu Nicks Büro betrat. „Sehen Sie, es ist Ihnen doch gelungen."

„Ich dachte schon, ich brächt's nicht fertig", sagte Harry.

„Ich weiß nicht, was in mich gefahren ist."

Die Sekretärin lachte auf. „Ich aber, *Er* ist in Sie gefahren, Mr. Wilson. Um ehrlich zu sein, das gelingt ihm bei vielen."

„Tatsächlich?"

„Das kann man wohl sagen", erwiderte sie. „Er erwartet Sie. Möchten Sie gleich eintreten?"

„Danke, gern", antwortete Harry und öffnete die Tür zum Hauptbüro.

Nick stand am Schreibtisch und grinste ihm entgegen. „Ausgezeichnet, Harry! Ich heiße Sie erneut willkommen."

„Ich kann Ihnen gar nicht sagen, wie froh ich bin", sagte Harry vergnügt. „Anfangs dachte ich, ich würd's nicht schaffen."

„Sie haben es aber geschafft. Einfach fabelhaft. Eine wirklich perfekte Leistung, in jeder Hinsicht", lobte Nick ihn.

„Es ist alles so herrlich", sagte Harry. „Ich war noch nie so glücklich. Kann ich jetzt zu den anderen?"

„Mitnichten", erwiderte Nick trocken. „Alle die glücklichen Bösewichte, die Sie hier umherspringen sahen, warten auf das Endgericht. Und sie fahren schon sehr bald zur Hölle, wo sie auch hingehören."

„Was?" fragte Harry. „Wohin?"

„Nach unten, ganz nach unten", sagte Nick. „Und falls Sie sich über meine große Belegschaft gewundert haben – das sind nur meine Assistenten, wenn ich mich mal so ausdrücken darf. Wesen, die mir sehr ähnlich sind. Die einzige Ausnahme ist meine hübsche Sekretärin, die ich aus wohl jedermann verständlichen Gründen hierbehalte."

„Ich verstehe nicht", sagte Harry verwirrt.

Nick drückte auf einen Knopf neben seinem Schreibtisch.

„Schauen Sie hinter sich", sagte er.

Und im selben Augenblick, als sich Harry umdrehte, glitt ein Teil des Fußbodens lautlos zurück, und ein gähnender Spalt öffnete sich. Harry schnappte nach Luft und starrte hinab in den Abgrund. Was er dort sah, erfüllte ihn derart mit Entsetzen, daß seine Knie weich wurden und ihm jedes einzelne Haar zu Berge stand.

Tief unter ihm wanden sich die gepeinigten Seelen, zu Hunderten, zu Tausenden in einem glühenden Meer von Flammen und Asche. Verzweifeltes Wehklagen drang zu ihm empor, und der Geruch von Schwefel lag in der Luft.

Harry wirbelte herum und sah, daß Nick dicht hinter ihm stand. Das gehörnte Wesen lachte so laut und schrill, daß Tränen aus seinen Augen quollen.

„Sie haben mich reingelegt", keuchte Harry. „Sie haben mich die ganze Zeit an der Nase herumgeführt."

„Natürlich, was sonst", kicherte Nick.

„Aber warum?"

„Warum?" rief Nick, und seine gelben Schlitzaugen blitzten böse auf. „Um euch allen die Hölle heiß zu machen. Schließlich wollen auch wir gelegentlich unseren Spaß haben. Ihr werdet uns ein kleines Amüsement von Zeit zu Zeit nicht mißgönnen."

„Wie schuftig und gemein von Ihnen!" schrie Harry.

„Nicht wahr?" erwiderte Nick höhnisch und stieß Harry laut lachend in den Abgrund.

Der Fall Arnold Mathias

Als sich der Zug dem Städtchen Kirkland näherte, gingen die Berge mehr und mehr in sanfte Hügel über, und die Landschaft nahm einen beinahe lieblichen Charakter an. Henry Lowden hatte sich schon lange nicht mehr in dieser Gegend aufgehalten. Erinnerungen an vergangene Zeiten wurden in ihm wach: sonntägliche Picknicks, Mädchengelächter und das geheimnisvolle Knistern im Unterholz beim Räuber-und-Gendarm-Spiel. An dies und andere herrliche Abenteuer mußte sich auch Arnold Mathias erinnert haben, als er, mit einer Kugel im Rücken, das Zeitliche segnete.

Bei diesen Gedanken spürte Henry Lowden die 38er in seinem Schulterhalfter. Nicht, daß er noch nie zuvor einen Menschen ins Jenseits befördert hätte. Ein Gefangener, der aus dem Gefängnis auszubrechen versucht, ist nun mal ein Todeskandidat. Und ein Mann, dessen Aufgabe es ist, dafür zu sorgen, daß Häftlinge nicht aus dem Gefängnis ausbrechen, muß diesen Job genauso routiniert erledigen, wie der

Zugführer, der soeben seine Lokomotive am Bahnhof von Kirkland zum Stehen brachte. Henry Lowden beunruhigte nicht so sehr, daß er diesen Mathias niedergeschossen hatte, sondern daß Arnold Mathias gar nicht ins Gefängnis gehört hatte. Er war unschuldig gewesen!

Picknicks, Mädchengelächter und das geheimnisvolle Knistern im Unterholz... Henry Lowden wurde aus seinen Tagträumen gerissen, als der Zug mit einem Ruck anhielt. Er schaute auf seine Armbanduhr: vierzehn Uhr zehn. Nur zwanzig Minuten Verspätung und reichlich Zeit für sein Vorhaben. Er erhob sich und holte einen kleinen schwarzen Koffer aus dem Gepäcknetz über seinem Sitz. Er hielt den Griff fest umklammert, als er auf den Bahnsteig trat. Denn der Koffer war genauso wichtig wie der Revolver, den er unter seinem Mantel spürte. Die Öffentlichkeit wußte nämlich nicht, daß der Fall Mathias Arnold noch nicht abgeschlossen war.

Lowden war der einzige Passagier, der in Kirkland den Zug verließ. Es war Juli – blauer Himmel, trockene Hitze, absolute Windstille. Weißer Staub bedeckte den Efeu, der sich an der Bahnsteigmauer emporrankte. Lowden wischte sich den Schweiß von der Stirn und betrat mit eiligen Schritten das winzige Bahnhofshäuschen. Der Wartesaal war ebenso leer wie der Bahnsteig. Dann aber hörte Lowden ein Geräusch, das aus dem Gepäckraum zu kommen schien. Er ging auf die Tür zu. Ein älterer Mann in Hemdsärmeln und weiten unförmigen Hosen schleifte eine große Lattenkiste über den Fußboden. Beim Anblick des Fremden hielt er inne.

100

„Sind Sie der Bahnhofsvorsteher?" fragte Lowden.

Der Mann gab der Lattenkiste einen letzten Schubs mit dem Fuß.

„Zerbrechlich", murmelte er. „Wie kann so ein enormes Monstrum zerbrechlich sein?" Dann erinnerte er sich an die Frage des Fremden. „Man könnte mich als einen solchen bezeichnen, meine ich. Bahnhofsvorsteher, Fahrkartenverkäufer, Gepäckträger. Für alles bin ich hier verantwortlich."

„Könnten Sie mir sagen, wo ich ein Taxi bekomme?" fragte Lowden.

Der alte Mann kratzte sich am Kopf. „Ich meine, eines oder zwei in der Stadt gesehen zu haben", antwortete er. „Bis auf ein paar Leute, die von ihren Verwandten abgeholt werden, steigt so gut wie niemand am Kirklander Bahnhof aus. Sie sind der erste Fremde, den ich hier ankommen sehe, seitdem der alte Senator Dawes gestorben ist. Damals kreuzte plötzlich die ganze Verwandtschaft auf, um sich über sein Erbe herzumachen." Er schlurfte durch die Tür hinüber zu einem kleinen Büro mit einem Gitterfensterchen. „Hab hier irgendwo ein Telefonbuch", fügte er hinzu. „Wohin wollen Sie mit dem Taxi fahren?"

„Zum *Grand Hotel* in der Maple Avenue", erwiderte Lowden.

Der alte Mann wühlte in dem Durcheinander auf seinem Schreibtisch. Dann hielt er inne und schielte neugierig durch die Gitterstäbe. „Wann waren Sie zum letzten Mal in Kirkland, Mister?"

„Dies ist das erste Mal. Ein alter Freund von mir, der früher hier wohnte, erzählte mir vom *Grand*."

„Dann dürfte Ihr Freund aber seit mindestens zwei Jahren nicht mehr hier leben. Das *Grand Hotel* in der Maple Avenue ist vor zwei Jahren abgebrannt."

„Gibt es ein anderes Hotel?"

„Natürlich. Das *Grand*..."

„Aber Sie sagten doch gerade..."

„Das neue *Grand-Hotel*. Sie haben es zwei Häuserblocks nördlich von der Post, in der Center Street, wieder aufgebaut. Sie können es gar nicht verpassen. Die sechste Querstraße von hier aus. Aber ich will nachsehen, ob ich dieses verflixte Telefonbuch nicht doch irgendwo finde."

„Lassen Sie nur", sagte Lowden. „Ich gehe zu Fuß." Er war schon im Gehen begriffen, drehte sich jedoch noch einmal um. „Und Sie haben wirklich in den letzten beiden Tagen niemanden aus dem Zug steigen sehen?"

„So sicher wie das Amen in der Kirche, Sir. Wirklich niemanden, seit der Beerdigung von Senator Dawes. Dabei hat er für sein Begräbnis kaum genug Geld hinterlassen. Geschah den Erbschleichern ganz recht." Der Mann kicherte bei der Erinnerung an Senator Dawes' gierige Verwandte. Dann leuchteten seine kleinen Augen unter den buschigen Brauen auf, als etwas Grünes unter dem Fenstergitter zum Vorschein kam. Er nahm den Schein in seine Hände und strich ihn liebevoll glatt.

„Das Geld gehört Ihnen, wenn Sie bereit sind, mir einen Gefallen zu tun", sagte Lowden. „Ich möchte, daß Sie im *Grand Hotel* anrufen und nach Henry Taylor fragen, falls Sie einen Fremden aus dem Zug steigen sehen, bevor ich Kirkland verlassen habe. Henry Taylor ist mein Name. Und sollte ich nicht auf meinem Zimmer sein, so hinterlassen Sie bitte eine Nachricht. Verstanden?"

Angesichts der Zwanzigdollarnote war der Alte gern dazu bereit. „Henry Taylor", wiederholte er.

„Vielleicht sollten Sie sich den Namen besser notieren", meinte Lowden.

„Nein, Sir! Ich habe noch nie einen Namen vergessen. Weder einen Namen noch ein Gesicht. Da brauchen Sie sich keine Sorgen zu machen, Mr. Taylor."

„Und sprechen Sie mit niemandem über die Sache", sagte Lowden, bevor er sich abwandte.

„Mit niemandem, Mr. Taylor. Mit keiner Menschenseele."

Jeder Fremde in Kirkland hätte die Hauptstraße, allein schon wegen ihrer Lage, auf der Stelle erkannt. Henry Lowden ging sie hinunter, bis er an einen großen runden Platz kam, den Eichen säumten und in dessen Mitte eine Bronzeplastik stand. Jenseits des Platzes setzte sich die Straße zwischen zwei Häuserreihen aus unscheinbarem roten Backstein weiter fort. Das neue *Grand Hotel* hob sich von seinen phantasielosen Nachbarn lediglich durch einen stahleingerahmten Baldachin und eine Schwingtür aus Spiegelglas ab. Henry Lowden trat ein. In dem kleinen Foyer standen mehrere Kunstledersessel. Die Gäste, die darin Platz genommen hatten, schenkten dem Neuankömmling wenig Beachtung. Beruhigt ging Lowden auf die Rezeption zu und fragte nach einem Zimmer.

„Ihr Name bitte?"

„Henry Taylor."

„Adresse?"

Lowden zögerte. „Chicago."

„Beruf?"

Lowden grinste ein wenig verlegen. „Historiker", antwortete er.

„Historiker", wiederholte der Hotelangestellte gedehnt. „Ich glaube, wir hatten noch nie einen Historiker hier."

„Das wundert mich aber", erwiderte Lowden. „Ich dachte, der große Hochwasserstaudamm hätte die verschiedensten Landsleute angelockt."

„Wie bitte, ich verstehe nicht?"

„Noch vor drei Jahren wimmelte es hier nur so von Fremden."

Der Hotelangestellte war ein junger Bursche, der noch ziemlich grün hinter den Ohren zu sein schien.

„Ich kann mich nicht erinnern", murmelte er.

„Nach drei Jahren ist vieles vergessen", bemerkte Lowden. Er schaute auf die Wanduhr über der Rezeption. Es war fast halb drei. „Hier", sagte er und stellte den schwarzen Koffer ab. „Bitte lassen Sie ihn auf mein Zimmer bringen. Ich habe es eilig. Ich muß noch zur Bank."

„Wollen Sie denn Ihr Zimmer gar nicht anschauen?" fragte der Angestellte entgeistert

„Hat es ein Bett?"

„Wieso? Natürlich."

„Dann brauche ich es auch vorher nicht zu sehen. Sagen Sie

104

dem Zimmerburschen, er solle gut auf meinen Koffer achtgeben."

Lowden legte ein Fünfzigcentstück auf den Empfangsschalter, nickte dem Angestellten zu und verließ das Hotel. Kaum war er draußen, huschte er in den nächsten Häusereingang und wartete, bis er sicher war, daß ihm niemand folgte. Dann schlenderte er zu dem runden Platz, dem Central Square, zurück.

Es gab nur eine Bank in Kirkland, die Farmer's and Merchant's Bank am südöstlichen Ende des Platzes. Es war ein zweistöckiges Gebäude aus grauem Granitstein. Über der Eingangstür war das Gründungsjahr 1898 eingemeißelt. Die Goldbeschriftung auf einem der Fenster ließ auf eine luxuriöse Inneneinrichtung schließen. In Anbetracht dieser Tatsache versuchte Henry Lowden, die Falten in seinem Mantel auszustreichen, doch ohne Erfolg. Nachdem er sich vergewissert hatte, daß sein Schulterhalfter vorschriftsmäßig saß, betrat er die Bank.

Um die Jahrhundertwende war jede Bank, die etwas auf sich hielt, mit hohen Decken, Marmorfußböden und Mahagonimöbeln ausgestattet worden. Sechs Personen befanden sich in der Halle: drei Berater, eine Sekretärin hinter einem Schreibtisch zur Linken, ein Landwirt vor einem der Beraterschalter und ein kleiner Junge auf Zehenspitzen, der an einem Kundenschalter mit einem Pennystück spielte. Kein Bankwärter war zu sehen. Am Ende des Raumes, hinter einem messingvergitterten Durchgang, lag der Tresorraum.

Henry Lowden trat nach links. „Ich möchte gern ein neues

Konto eröffnen", sagte er.

Das Namensschild auf dem Schreibtisch ließ ihn wissen, daß die Dame, die ihn über den Brillenrand musterte, Miss Foster hieß.

„Mr. Kern kümmert sich um Kontoeröffnungen. Wenn Sie sich ein wenig gedulden möchten."

Mr. Sam Kern – stellvertretender Bankdirektor – lautete das Namensschild auf dem unbesetzten Schreibtisch. Dahinter entdeckte Lowden eine Mahagonitür mit der Aufschrift: W. O. Spengler – Bankdirektor.

„Mr. Spengler wäre mir auch recht", erklärte Henry Lowden und rückte seine Krawatte zurecht.

„Mr. Spengler hat gerade eine Unterredung mit Mr. Kern..."

Noch bevor die Sekretärin weitere Erklärungen abgeben konnte, wurde die Mahagonitür aufgerissen, und die laute, krächzende Stimme eines alten Mannes erfüllte den Raum.

„Wenn ich nicht ständig deine Arbeit überprüfen würde, William, wäre meine Bank schon längst pleite gegangen. Bitte nimm die Finger von meinem Rollstuhl! Fahren Sie mich raus, Sam! Hätte ich Ihnen nur die Bank überlassen und nicht meinem idiotischen Schwiegersohn!"

Der Insasse des Rollstuhls war ein gebrechlicher Greis mit schneeweißem Haar, stechenden schwarzen Augen und einem scharfkantigen Gesicht.

„Fahren Sie mich raus auf die Straße, Sam", befahl er. „Ralph wartet im Wagen. Bitte schütteln Sie mich nicht so durch. Ich habe ein schwaches Herz und kann das nicht vertragen. Öffnen Sie mir die Sperre, Miss Foster, sehen Sie denn nicht..."

Der Sturzbach von Befehlen versiegte auf der Stelle, als Henry Lowden vortrat und die kleine Sperre zwischen Schreibpult und Schalter öffnete. Zwei erstaunte Augen sahen zu ihm auf.

„Sie sind aber kein Angestellter der Bank", stellte der Greis fest.

„So ist es", erwiderte Lowden knapp.

„Wie hätte es auch anders sein können. Viel zu wach und zu schnell für einen Angestellten dieser Bank. Sie sind also ein Kunde."

„Ich möchte einer werden", erklärte Henry Lowden.

„Ein neues Konto? William!" Der alte Mann wirbelte in seinem Rollstuhl herum. „Komm sofort her und kümmere dich um diesen Herrn! Fünfundfünfzig Jahre lang war ich Direktor dieser Bank, und es gibt nicht einen neuen Kunden, dem ich nicht die Hand geschüttelt habe. Das kann jeder von dem alten Josiah Wingate bestätigen. Sam, fahren Sie mich rüber zu dem Kleinen. Junge, man kann nie früh genug mit dem Sparen anfangen. Hier hast du einen Silberdollar. Sag deinem Daddy, er solle ihn für dich auf der Farmer's and Merchant's Bank anlegen, und sieh zu, wie das Geld ständig mehr wird. Okay, Sam. Trödeln Sie nicht herum. Fahren Sie mich endlich zum Wagen!"

Sam Kern und der Greis entfernten sich und ließen einen verwirrten Jungen mit einer Silbermünze zurück, die prompt in seiner verbeulten Hosentasche verschwand. Henry Lowden wandte sich erneut an Miss Foster, doch hinter ihr hatte sich inzwischen ein Mann postiert, der kein anderer sein konnte als William Spengler. Er war groß, grauhaarig und sichtlich verärgert. Als er Lowdens Anwesenheit bemerkte, zwang er sich zu einem Lächeln.

„Möchte der Herr mit mir sprechen, Miss Foster?"

„Ja, Mr. Spengler. Es sei denn, Mr. Kern..."

„Mr. Kern ist beschäftigt, das wissen Sie doch. Lassen Sie den Herrn nicht warten."

Das Büro des Bankdirektors war ähnlich eingerichtet wie der Rest der Bank: Mahagoni-Wandtäfelung, massiver Schreibtisch, große Ledersessel. Spengler war ans Fenster getreten und starrte hinaus auf die Straße. Seine Hände waren zu Fäusten geballt. Henry Taylor sah im Vorübergehen, wie der Rollstuhl des Behinderten zusammengeklappt und im Kofferraum einer Limousine verstaut wurde. Als sich Spengler plötzlich umdrehte, lächelte ihn Henry Lowden verständnisvoll an.

„Sie werden schwierig im Alter", bemerkte er.

„Das kann man wohl sagen", erwiderte Spengler seufzend.

„Ich muß mich fügen. Er ist nicht nur mein Schwiegervater, sondern auch der Gründer dieser Bank. Und er will sich einfach nicht aus dem Geschäft zurückziehen. Möchten Sie nicht Platz nehmen, Mr...."

„Taylor", sagte er und setzte sich in einen der Ledersessel. „Henry Taylor. Ich habe einen Kreditbrief...", er langte unter seinen Mantel, berührte den Stahlgriff in seinem Halfter und griff in die Innentasche, ... „von meiner Bank in Chicago", fügte er hinzu. „Ich möchte einen Teil davon auf diese Bank transferieren, um meine Nachforschungen zu finanzieren."

„Nachforschungen?" fragte Spengler und nahm den Kreditbrief entgegen. „Auf welchem Gebiet, Mr. Taylor? Vielleicht kann ich Ihnen behilflich sein?"

„Das können Sie", erwiderte Lowden. „Es handelt sich um ein Buch, das ich gerade schreibe. Ein Buch über ungeklärte Verbrechen."

William Spengler zog eine Grimasse, in der sich Zorn und Neugier widerspiegelten.

„Sie sind also nach Kirkland gekommen, um solche Ermittlungen durchzuführen?" Seine Miene drückte plötzlich Besorgnis aus.

„Ich bin äußerst überrascht, daß es keiner vor mir getan hat", erklärte Lowden. „Ich nehme doch an, Sie lesen die Zeitung."

„Ich bin sehr beschäftigt, wissen Sie..."

„Sie werden doch zur Kenntnis genommen haben, daß Arnold Mathias tot ist. Er wurde vor zwei Tagen bei einem Fluchtversuch von einem Gefängniswärter niedergeschossen. Sein Zellengefährte konnte entkommen."

„Ja", erwiderte Spengler zögernd. „Ich habe es in den Nachrichten gehört..."

„Und dies ist die Farmer's and Merchant's Bank, bei der Arnold Mathias im Dezember 1956 beschäftigt war."

William Spengler schien sich nicht länger für den Kreditbrief zu interessieren. Seine Augen waren fast so stechend wie die seines Schwiegervaters und fixierten den Mann, der sich ihm als Henry Taylor vorgestellt hatte.

„Sie brauchten nicht nach Kirkland zu kommen, um das herauszufinden, nehme ich an."

„Nein, da haben Sie recht. Es gibt aber andere Dinge, die ich herausbekommen muß. Fassen wir doch mal zusammen. Mathias war ein vertrauenswürdiger Angestellter der Bank..."

„Der von meinem Schwiegervater angestellt wurde, als er noch Bankdirektor war", fügte Spengler hinzu. „Und nebenbei gesagt, geschah das gegen meinen Willen."

„Weil Mathias vorbestraft war?"

„Jugendstrafe", erwiderte Spengler. „Doch wollen wir dem nicht mehr Bedeutung beimessen, als ihm zukommt, Mr. Taylor. Mein Schwiegervater bekommt menschenfreundliche Anwandlungen, wenn es um junge Leute geht. Sie haben ja eben die Szene mit dem kleinen Jungen verfolgt. Mathias kam aus einem zerrütteten Elternhaus, die übliche Geschichte. Mr. Wingate wollte ihm eine Chance geben. Ich dagegen wollte die Bank nicht in Gefahr bringen."

„Aber Sie haben ihn behalten, nachdem Sie Mr. Wingates Posten übernahmen."

„Es gab keinen Grund, ihn nicht zu behalten. Er war ein fleißiger und gewissenhafter Angestellter und scheinbar aufrichtig. Dann, 1956, übergab uns die Dyer Construction Company 500 000 Dollar in bar, um die Löhne für das Staudamm-Projekt auszuzahlen. Arnold machte an dem besagten Tag Überstunden. Der Grund dafür wurde mir erst nach dem Diebstahl klar. Sie kennen ja die Geschichte, Mr. Taylor. Arnold entwendete 200 000 Dollar aus dem Tresor."

„Was er selbst abgestritten hat."

„Doch er wurde vom Gericht für schuldig erklärt. Ich habe Ira Casey, den besten Verteidiger im ganzen Bundesstaat, für ihn eingesetzt. Trotzdem wurde er für schuldig erklärt."

„Obwohl der Verteidiger für Freispruch plädierte, ich weiß", sagte Lowden. „Aber wissen Sie, was Mathias im Staatsgefängnis getan hat, Mr. Spengler? Er bekam eine Kopie des Verhandlungsprotokolls in die Hände und ging die Zeugenaussagen immer und immer wieder Wort für Wort durch, bis er endlich fand, wonach er gesucht hatte. Er machte sich Notizen und fertigte dann verschiedene Zeichnungen an. Zeichnungen von dieser Bank."

Spenglers Gesicht sah jetzt völlig ausdruckslos aus. Seine Stimme klang plötzlich gereizt.

„Woher wissen Sie das alles?"

Henry Lowden lächelte. „Das kann ich Ihnen leider nicht verraten, Mr. Spengler. Ein Autor darf doch seine Informationsquellen nicht preisgeben. Sie könnten austrocknen, bevor das Buch abgeschlossen ist."

„Warum sollte ich Ihnen dann glauben?"

„Weil ich im Besitz jener Notizen und der Zeichnungen bin. Ich hoffte, Sie würden Zeit finden, sie mit mir zusammen durchzugehen. Das heißt, natürlich nur für den Fall, daß Sie an meinem Buch interessiert sind."

Spengler dachte mehrere Sekunden angestrengt nach. Mit einer Hand langte er nach unten und zog an einer der

Schreibtischschubladen. Er wollte etwas herausnehmen, schien es sich dann aber anders zu überlegen.

„Glauben Sie, es gibt einen Markt für ein solches Buch, Mr. Henry?" fragte er.

„Taylor", verbesserte Lowden, „Henry Taylor. Ja, da bin ich mir ganz sicher. Bedenken Sie doch, daß sich der Diebstahl an dem Nachmittag ereignete, an dem Sie nach Hause gerufen wurden, weil Ihre Frau im Sterben lag. Das verleiht der Geschichte etwas Dramatisches. Dann haben wir da noch Mr. Kerns vorzeitigen Aufbruch. Er wollte das erste Uni-Basketballspiel seines Sohnes besuchen und mußte deshalb vierzig Meilen über vereiste Straßen zurücklegen, um ihn zu sehen. Das spricht den Familiensinn der Leserschaft an. Was aber das Interessanteste an der Geschichte ist und was die Behörden seit zweieinhalb Jahren beschäftigt, ist die Tatsache, daß – selbst wenn Mathias das Verbrechen begangen hat – die gestohlenen 200 000 Dollar niemals gefunden wurden. Was ist los, Mr. Spengler? Ist etwas mit meinem Kreditbrief nicht in Ordnung?"

William Spengler hatte die Schreibtischschublade wieder geschlossen und hielt den Kreditbrief in der Hand. Er erhob sich.

„Ich will nachsehen, ob Mr. Kern zurück ist." Er ging auf die Tür zu, drehte sich noch einmal um und fügte hinzu: „Mr. Taylor, ich möchte Sie gern zum Abendessen in mein Haus einladen."

„Danke, sehr freundlich von Ihnen", erwiderte Henry Lowden. „Wirklich sehr freundlich."

„Und bringen Sie bei der Gelegenheit gleich das Verhandlungsprotokoll und die Zeichnungen mit. Wir können sie dann gemeinsam durchgehen."

„Sie tun mir wirklich einen großen Gefallen, Mr. Spengler. Ich dachte mir gleich, daß Sie mir behilflich sein würden, vielen Dank."

Kaum hatte Spengler den Raum verlassen, erhob sich Lowden aus seinem Sessel und zog geräuschlos die Schublade des Schreibtisches auf. Irgend etwas mußte sich darin verbergen, das Spengler ihm nicht hatte zeigen wollen. Lowden fand eine zwei Tage alte Zeitung mit folgendem Leitartikel:

ARNOLD MATHIAS
ERSCHOSSEN

Arnold Mathias, 24, der 1956 für schuldig erklärt worden war, 200 000 Dollar aus dem Tresor der Farmer's and Merchant's Bank entwendet zu haben, wurde heute, in den frühen Morgenstunden, bei einem Ausbruchsversuch aus dem Staatsgefängnis tödlich verletzt. Der Wärter, H. T. Lowden, der Mathias erschossen hat, erklärte, der Häftling habe stets behauptet, das Opfer einer Verleumdung gewesen zu sein.

„Ich weiß nicht, was ihn zu diesem Ausbruchsversuch bewogen hat", erklärte Lowden vor Reportern. „Auch ich habe an seine Unschuld geglaubt."

Mathias' Zellengenosse, Thomas Henry, 40, konnte in einem Wäscherei-Lastwagen entkommen...

Der Mann, der sich als Henry Taylor ausgab, las nicht weiter. Er legte die Zeitung in die Schublade zurück und schob sie behutsam zu.

Es war ein sehr alter Brandy. Er lag wie flüssiger Bernstein am Grund des Cognacschwenkers und bewegte sich träge im Kreis, wenn Henry Lowden das Glas von Zeit zu Zeit rotieren ließ. Das Abendessen war ebenso schwer und phantasielos gewesen wie der behäbige Hausherr, der es selbst zubereitet und serviert hatte. Sie saßen in William Spenglers Arbeitszimmer. Zwar war auch dieser Raum nicht besonders geschmackvoll eingerichtet, dafür aber hing über dem Kamin ein ungewöhnlich schönes und kostbares französisches Gemälde. In William Spenglers Haus – oder genauer gesagt, Josiah Wingates Haus – fiel das Bild mindestens so auf wie eine Bananenstaude am Nordpol.

Spengler rührte seinen Brandy nicht an. Seine Augen fixierten den kleinen schwarzen Koffer zu Lowdens Füßen.

„Es ist äußerst bedauerlich, daß Mathias versucht hat, auszubrechen", bemerkte er. „Er wäre sicherlich schon sehr bald begnadigt worden."

„Die Kommission für Haftentlassungen in diesem Bundesstaat arbeitet bekanntlich sehr langsam", entgegnete Henry Lowden nachdenklich. „Und Mathias besaß draußen keine Freunde, von denen er moralische Unterstützung hätte erwarten können."

„Das ist nicht wahr", protestierte Spengler. „Ich habe dafür gesorgt, daß Ira Casey..."

„. . . der zufälligerweise ein alter Klassenkamerad von Ihnen und Ihr bester Freund seit über dreißig Jahren ist", unterbrach Lowden.

„Was ist dagegen einzuwenden?"

„Nichts. Absolut nichts. Nur, daß es Ihnen äußerst gelegen kam. Ich hätte mich sicherlich auch sehr glücklich geschätzt, einen solchen Freund zu haben, wenn gerade 200 000 Dollar aus meiner Bank verschwunden wären."

„Ich habe Casey eingesetzt, damit er Mathias verteidigt", rief Spengler empört.

„Und die Farmer's and Merchant's Bank", fügte Lowden ruhig hinzu. „Dies ist ein ausgezeichneter Brandy, Mr. Spengler. Den haben Sie bestimmt nicht in Kirkland gekauft."

„Ich bin nicht an Kirkland gebunden! Ich komme schon gelegentlich hier raus."

„Raus", wiederholte Lowden. „Ein gewichtiges Wort. Genau das ist es nämlich, was Mathias wollte – das und die Chance, seine Unschuld zu beweisen."

„Oder die 200 000 Dollar abzuholen, wo immer er sie versteckt hielt", sagte Spengler.

Henry Lowden nahm einen letzten Schluck und sah zu Spengler. Dann lächelte er versonnen.

„Aber wo hätte er sie versteckt halten können, Mr. Spengler? Diese Frage macht den Fall so interessant. 200 000 Dollar, das ist eine Summe, die man in einer kleinen Stadt wie Kirkland weder leicht entwenden noch leicht unter die Leute bringen kann. Nehmen wir einmal an, Mathias hätte das Geld tatsächlich gestohlen, wäre aber nicht verurteilt worden. Was hätte er tun sollen? Hier hätte er es nicht ausgeben können, das wäre sofort aufgefallen. Er war ein Kassierer mit einem festen Einkommen, genauso wie Sam Kern ein Bankangestellter mit einem festen Einkommen ist."

„Und genauso wie ich ein Bankdirektor mit einem festen Einkommen bin."

„Und das ist eben der springende Punkt. Der Mann, der das Geld aus dem Tresor entwendet hat, hatte nur drei Möglichkeiten. Entweder hätte er die Stadt verlassen müssen, was er bekanntlich nicht machte. Keiner der drei Männer, die an jenem besagten Tag im Tresorraum zu tun hatten, haben die Stadt verlassen. Bis auf einen – und der kam ins Gefängnis."

„Drei Männer?" wiederholte Spengler. „Welche drei Männer meinen Sie?"

„Mathias, Kern und Sie selbst, Mr. Spengler. Das ist alles im Protokoll vermerkt." Lowden nahm das Köfferchen und stellte es auf Spenglers Schreibtisch. Er öffnete es und nahm einen Stapel Blätter heraus. „Es war am letzten Freitag vor Weihnachten", fuhr er fort. „Die Bank schloß um drei Uhr. Die Kassierer Mathias, Peterson..."

„Pierson", verbesserte Spengler. „Lee Pierson. Er arbeitet noch heute bei uns, Goddard ebenfalls. Ich war Zeuge bei der Verhandlung, Mr. Taylor. Ich weiß, was im Protokoll steht. Als die Bank schloß, zählten die Kassierer das Bargeld. Pierson und Goddard waren damit gegen halb vier fertig und verließen die Bank. Mathias schlug sich mit Problemen in seiner Bilanz herum. Ich schaute zweimal bei ihm vorbei, bis

116

er endlich den Fehler fand. Sam Kern war im Tresorraum und kontrollierte die restlichen Gelder anhand der Lohnliste. Die Löhne waren, wie gewöhnlich, am Freitag rausgegangen, und der Kontoabschluß dauerte wie immer bis vier Uhr oder etwas länger."

„Doch gegen drei Uhr vierzig", sagte Lowden, „erhielten Sie einen Anruf von Ihrer Haushälterin, Mrs. Holmes. Jetzt kommt ein Abschnitt, den Mathias im Protokoll unterstrichen hat. Mrs. Holmes wurde auf der Stelle vom Distriktanwalt verhört. Seine Aufgabe war es, die Situation Punkt für Punkt zu rekonstruieren:

F.: Mrs. Holmes, würden Sie bitte dem Gericht erklären, was Sie nach Mrs. Spenglers Herzanfall an dem besagten Tag unternahmen?

A.: Ich gab ihr einen Löffel von der Arznei, die Dr. Clinton ihr verschrieben hatte.

F.: Hatte Mrs. Spengler öfter solche Anfälle?

A.: Ja, Sir. Mrs. Spengler war seit mehr als zwanzig Jahren herzkrank. Wir wußten, es war nur eine Frage der Zeit. Ich gab ihr die Arznei und brachte sie ins Bett. Dann rief ich Dr. Clinton an und teilte ihm mit, daß dieser Anfall schlimmer zu sein schien als die vorangegangenen. Er riet mir, Mr. Spengler auf der Stelle zu benachrichtigen, und das habe ich dann auch getan.

„Mr. Taylor", unterbrach Spengler. „Ich sagte Ihnen doch bereits, daß ich mit den Zeugenaussagen bestens vertraut bin.

Was wollen Sie damit beweisen?"

„Ich will überhaupt nichts beweisen", antwortete Lowden ruhig. „Ich möchte lediglich herausfinden, was Arnold Mathias beweisen wollte. Einige Seiten später in der Abschrift erscheint ein weiterer unterstrichener Absatz. Es ist die Zeugenaussage von Samuel Kern, der vom Distriktanwalt verhört wurde. Kern bestätigt darin, daß er, Mathias und Sie allein in der Bank waren, als Mrs. Holmes anrief. Er war gerade im Tresorraum. Als er das Telefon läuten hörte, kam er heraus, weil er glaubte, es könnte seine Frau sein, die ihn an das Basketballspiel erinnern wollte."

F.: Mr. Kern, haben Sie den Tresor abgeschlossen, als Sie herauskamen?

A.: Nein. Ich hatte soeben die Überprüfung der Lohnliste abgeschlossen. Der Anruf kam von Mrs. Holmes, die Mr. Spengler von dem Herzanfall seiner Frau informierte. Er brach sofort auf, um nach Hause zu fahren. Das heißt, er wollte losfahren. Er zog seinen Mantel an und ging zu dem Parkplatz direkt neben der Bank. Doch kam er bald zurück. Sein Wagen wollte nicht anspringen. Ich bot ihm meine Hilfe an, doch er meinte, es sei besser, Mathias würde ihn anschleppen. Ich habe einen neuen Wagen mit Automatik, Arnold dagegen einen alten mit der herkömmlichen Schaltung. Wenn die Straßen vereist sind, kann man mit der Automatik schlechter starten.

F.: Dann hat Spengler die Bank das zweite Mal also mit Arnold Mathias verlassen?

A.: Nein, Sir. Nicht sofort. Arnold parkte seinen Wagen nie auf dem Parkplatz neben der Bank. Ich glaube, der tat es deshalb nicht, weil Spengler einmal eine Bemerkung über sein altes Auto gemacht und geäußert hatte, es könne dem Ruf der Bank schaden. Deshalb parkte er seinen Wagen immer in einer Seitenstraße. Als er sein Auto abholte, kam Spengler zum Tresor zurück, um mir zu helfen; aber er war zu niedergeschlagen. Schließlich bat er mich, Dr. Clinton für ihn anzurufen. Das tat ich dann auch, doch der Doktor war schon unterwegs zu Spenglers Haus. Als ich den Anruf erledigt hatte, war Arnold bereits zurück. Bevor Mr. Spengler mit ihm rausging, sagte er zu mir: „Ich weiß, wie gern Sie das Spiel Ihres Sohnes sehen möchten, Sam. Machen Sie also Schluß für heute, und lassen Sie Arnold den Tresor abschließen."

Henry Lowden hielt einen Augenblick in seiner Lektüre inne. Als er aufschaute, starrte ihn Spengler mißtrauisch an.

„Dieser Abschnitt ist gleich zweimal unterstrichen", fuhr Lowden fort. „Einige Satzteile sogar mit roter Tinte. ‚... kam Mr. Spengler zum Tresor zurück, um mir zu helfen', und weiter, ... schließlich bat er mich, Dr. Clinton für ihn anzurufen.' Eine interessante Verknüpfung, finden Sie nicht auch?"

Spengler überging die Frage. „Was ist mit Ihrer zweiten Möglichkeit, Mr. Taylor? Sie sagten, der Täter hätte drei zur Auswahl gehabt."

Lowden lächelte. „Ausführungen werden immer sehr

weitschweifig, wenn man ins Detail gehen muß, ich weiß. Das zweite, was Mathias hätte tun können, ist, das Geld zu verstecken. Sie deuteten es bereits selbst an. Aber wo? Seine Wohnung wurde bei seiner Festnahme genauestens durchsucht, sein Wagen ebenfalls auseinandergenommen. Und obwohl sich der Diebstahl am Freitag ereignete und erst am folgenden Montag entdeckt wurde, unternahm Mathias nicht den geringsten Versuch, die Stadt zu verlassen, wie man es von einem Mann erwarten würde, der gerade 200 000 Dollar gestohlen hat. Er ging am Freitagabend ins Kino, allein. Er holte sich eine Erkältung und blieb, nach Zeugenaussage seiner Hauswirtin, Samstag und Sonntag auf seinem Zimmer. Auf der Fahrt zum Kino tankte er an der Tankstelle in der Hauptstraße seinen Wagen voll. Er hatte weniger als eine Galone verbraucht, als die Polizei sein Auto überprüfte. Nach ihren Untersuchungen fuhr der Wagen weniger als fünfzehn Meilen pro Galone. Das bedeutet, daß Arnold Mathias mit dem gestohlenen Geld weniger als fünfzehn Meilen zurücklegte. Wo – und wann – konnte er es versteckt haben, Mr. Spengler?"

„Sie haben fast wortwörtlich Ira Caseys Resümee vorgetragen", sagte Spengler verärgert. „Sie haben lediglich die gefühlsduselige Anspielung auf Mathias' tragische Kindheit ausgelassen."

„Gefühlsduselig? Wollen Sie damit Ihre Abneigung zum Ausdruck bringen?"

„Ich habe Casey eingesetzt."

„Ja, und zwar zum Nachteil von Mathias. Casey war Ihr

persönlicher Freund, mit der Ergebenheit und Blindheit eines Freundes. Der ehrwürdige Bürger William Spengler hatte seine Frau verloren, und am selben Tag wurde eine Riesensumme aus seinem Tresor gestohlen. Seine gesellschaftliche Stellung, sein Ruf und die Tragik des Augenblicks machten ihn unantastbar. Jeder andere Anwalt hätte William Spengler lediglich als einen der drei Männer betrachtet, die Zugang zum Tresor hatten, und ihm keinen Sonderstatus eingeräumt. Er hätte sofort das aufgegriffen, was Mathias nach drei Jahren Gefängnis herausfand. Mrs. Holmes bezeugte unter Eid, daß sie zuerst Dr. Clinton und dann, auf dessen Rat hin, Sie in der Bank angerufen hatte. Samuel Kern sagte unter Eid aus, daß Sie Mathias baten, Ihren Wagen anzuschleppen, obwohl Kern Ihnen seine Hilfe angeboten hatte."

„Weil Sam einen Wagen mit Automatik hatte!"

„Nein, weil Mathias sein Auto nicht direkt neben der Bank geparkt hatte, und das wußten Sie ganz genau. Er mußte nämlich erst einmal, na, sagen wir, hundert Meter zu seinem Wagen laufen, ihn starten und dann durch das Gewirr von Einbahnstraßen zum Bankparkplatz fahren, um Sie abzuholen. Es war kalt, und deshalb warteten Sie natürlich nicht draußen auf ihn. Sie gingen zum Tresor, um Kern zu helfen. Dann baten Sie ihn, Dr. Clinton anzurufen. Hatte Ihnen Mrs. Holmes nicht gesagt, daß sie den Doktor bereits angerufen hatte? Gewissenhaft wie sie war, konnte sie es nicht vergessen haben. Doch Kern, ein mitfühlender Mensch, war natürlich bereit, Ihnen jeden Gefallen zu tun. Er verließ den Tresor und erledigte den Telefonanruf. So – und hier ist

Mathias' Zeichnung von der Bank, Außenansicht und Innenansicht. Er hat den Standort des Telefons angekreuzt, das Kern benutzte, und den Standort seines Wagens, der in der Seitenstraße geparkt war. Anhand der Zeichnung kann man ausrechnen, daß Sie, Mr. Spengler, sich mehrere Minuten allein im Tresor befunden haben mußten."

William Spengler hatte seinen Brandy bisher nicht angerührt. Jetzt hob er das Glas und trank langsam, Schluck für Schluck, wobei er Henry Lowden nicht eine Sekunde aus den Augen ließ. Als er das leere Glas abstellte, fragte er beiläufig:

„Und wie lautet die dritte Möglichkeit, Mr. Taylor?"

Lowden nahm das Blatt mit den beiden Zeichnungen und verstaute es in seinem Köfferchen.

„Ich war mir nicht sicher, bis ich heute nachmittag nach Kirkland kam", sagte er. „Doch der Bahnhofsvorsteher brachte mich auf eine Fährte. Er erzählte mir, daß Senator Dawes unzählige Trauergäste um sein Grab versammelt hatte."

„Senator Dawes?"

„Ja, und die Trauer wuchs geradezu ins Unermeßliche, als sich herausstellte, daß er gar kein Vermögen hinterlassen hatte. Was aber, wenn einer der Erben 200 000 Dollar gestohlen hätte und diese nette kleine Summe als Erbvermögen ausgeben wollte? Diese Gedankenfolge hat doch Hand und Fuß, oder was meinen Sie?"

„Wenn Sie auf das rein zufällige zeitliche Zusammentreffen mit dem Tod meiner Frau anspielen wollen, dann schlagen Sie sich diese geniale Idee lieber gleich wieder aus dem Kopf.

Meine Frau hat mir keinen einzigen Cent hinterlassen. Alles, ja selbst das Haus, läuft auf den Namen ihres Vaters."

„Aber er wird nicht ewig leben, nicht wahr? Und ein knauseriger alter Tyrann wie Wingate muß ein ganz schönes Vermögen angesammelt haben."

„Das ist nicht wahr! Mein Schwiegervater ist seit vielen Jahren krank. Bei meiner Frau wurde kurz nach unserer Eheschließung ein Herzleiden festgestellt. Seither mußte sie oft das Bett hüten. Kranksein ist kostspielig, selbst in Kirkland."

„Und frustrierend", fuhr Lowden nachdenklich fort, „ganz besonders für einen Mann, der eine Schwäche für teuren Brandy und französische Malerei hat."

„Die dritte Möglichkeit?" beharrte Spengler.

„Die augenscheinlichste, Mr. Spengler. Die Dyer-Anlage, das Staudamm-Projekt, muß für Sie vom ersten Tag an eine enorme Versuchung gewesen sein. Schließlich gab es ja einen idealen Verdächtigen in Ihrer Bank. Eine Vorstrafe ist ein unauslöschlicher Makel, selbst eine Jugendstrafe. Die Öffentlichkeit ist selten versöhnlich gestimmt, wenn sich jemand mit unverdientem Geld aus dem Staub macht. Und dann hatte Ihre Frau an jenem Freitag einen weiteren Herzanfall. Das paßte natürlich hervorragend."

„Meine Frau lag im Sterben!"

„Das dürfte Sie nicht überrascht haben. Sie lebte seit zwanzig Jahren mit dem Tod. Reichte das als Begründung, die Bank frühzeitig zu verlassen, und das an einem Tag, als Sam Kern unbedingt das Basketballspiel seines Sohnes besuchen wollte? Sie hatten nichts weiter zu tun, als Kern und Mathias für wenige Minuten zu beschäftigen, um allein im Tresor zu sein. Gerade Zeit genug, um 200 000 Dollar von Dyers Safe in Ihren eigenen zu schaffen. Das Geld wurde nie gefunden, Mr. Spengler, weil es den Tresor nie verlassen hat."

Henry Lowden hatte seine Anklage beendet und wartete.

Spengler antwortete zorngeladen.

„Hat Ihnen Arnold Mathias all das erzählt, als Sie noch Zellengenossen im Staatsgefängnis waren, Mr. Henry?"

„Sie machen den selben Fehler wie vorhin. Mein Name ist Taylor, Henry Taylor."

„Es gibt keinen Henry Taylor! Wahrscheinlich dachten Sie, ich hätte heute nachmittag keine Zeit gehabt, Ihren Kreditbrief zu überprüfen. Irrtum, mein Lieber. Ich rief Ihre Bank in Chicago an. Der Brief ist gefälscht."

„Sie waren eingeschüchtert, Mr. Spengler."

„Ich bin ein umsichtiger Geschäftsmann."

„Der eine zwei Tage alte Zeitung in seiner Schreibtischschublade aufbewahrt. Sie haben nicht über Rundfunk von Mathias' Tod erfahren. Sie haben den Artikel immer und immer wieder gelesen."

„Was haben Sie vor, Henry? Wollen Sie mir vielleicht diese Notizen und die lächerlichen Zeichnungen verkaufen? Glauben Sie, es interessiert mich, was tote Verbrecher geschrieben haben oder nicht?"

Der Mann, der sich als Henry Taylor ausgab, verlor nicht die Beherrschung, sondern fuhr ruhig fort: „Hier ist nicht von einem *toten* Verbrecher die Rede. Schuldig oder nicht schuldig, wenn ein Mann versucht, aus dem Gefängnis auszubrechen, dann spielt er mit dem Tod. Aber etwas wissen Sie von diesem Thomas Henry, dem die Flucht gelungen ist, noch nicht. Er saß nicht wegen einer Kleinigkeit wie Diebstahl ein, er hatte einen Mord auf dem Gewissen. Er hatte nichts mehr zu verlieren."

„Ich brauche nur den Hörer meines Telefons abzuheben und..."

„Und gar nichts, Mr. Spengler. Dieser Henry ist mit allen Wassern gewaschen. Er wird Sie unter Druck setzen, bis er die 200 000 Dollar in Händen hat. Telefonieren Sie ruhig. Die Nummer des Polizeireviers ist 110. Ich habe sie im Telefonbuch nachgeschlagen."

William Spengler griff nach dem Hörer. Schweißperlen standen auf seiner Stirn. Er zögerte und legte langsam wieder auf. Blitzschnell griff Henry Lowden in seinen Mantel und zog die 38er heraus.

„Nein, bitte nicht!" rief Spengler erschrocken.

„Hatten Sie es jemals mit einem verzweifelten Menschen zu tun, Spengler? Mit einem wirklich verzweifelten Menschen?"

„Aber ich habe das Geld nicht hier", keuchte Spengler.

„Wo ist es?"

„In der Bank. Ich kann erst morgen früh dran."

„Ist alles dort?"

„Fast alles, Henry. Bleiben Sie vernünftig. Jeder denkt, Mathias hätte das Geld, und er ist tot. Wir können einen Handel abschließen."

„Danke, Spengler. Das haben wir bereits."

Der Mann, der sich für Henry Taylor ausgab, nahm den Revolver in die linke Hand und hob mit der rechten den Telefonhörer ab. Bevor er die Nummer 110 wählte, wandte er sich noch einmal an den Bankdirektor.

„Sie werden erstaunt sein, Mr. Spengler. Ich bin nicht Thomas Henry. Aber ich wußte, ich würde Sie zu einem Geständnis bringen können und Mathias entlasten, wenn ich Sie *vor* Henry in die Mangel nehmen würde. Und Sie können von Glück reden, daß es mir gelungen ist. Mein Name ist Lowden. Henry Taylor Lowden. Ich bin der Wärter vom Staatsgefängnis, der Mathias erschossen hat."

Dann wählte er. Am anderen Ende der Leitung meldete sich eine Stimme. Lowdons Mund verzog sich zu einem Grinsen. Der Fall Arnold Mathias war damit so gut wie abgeschlossen.

Das kann jedem passieren

Der staatliche Rechnungsprüfer schnalzte mit der Zunge. „Schauen Sie her, Mr. Webster. Damit kommen wir nicht durch."

Ich war beunruhigt. „Womit kommen wir nicht durch? Haben Sie ein Defizit festgestellt?"

Er schüttelte den Kopf. „Ganz im Gegenteil. Es sind zehn Dollar zuviel auf Ihrer Bank."

Ich lehnte mich erleichtert in meinem Drehstuhl zurück. „Dann haben wir ja nichts zu befürchten, solange es kein Defizit ist."

Der Rechnungsprüfer hob den Zeigefinger. „Erlauben Sie, Mr. Webster, so einfach ist das nicht abgetan. Sie wissen ebensogut wie ich, daß Ihre Bücher bis auf den Cent ausgeglichen sein müssen. Bis auf den letzten Cent."

Ich lächelte entschuldigend. „Nun, Mr. Stuart, schließlich handelt es sich nur um zehn..."

Er ließ sich nicht erweichen. „Ich werde der Prüfungsstelle

einen Bericht schreiben müssen."

Ich brauste auf. „Aber ich bitte Sie, Mr. Stuart. Das würde zu einer Sonderuntersuchung führen."

„Haben Sie etwas zu verbergen?"

„Natürlich nicht", gab ich verärgert zurück. „Meine Bücher sind bestens geführt."

„Mehr als das", sagte Stuart mürrisch. „Sie haben zehn Dollar zuviel in Ihren Bargeldreserven." Er zündete sich ein Zigarillo an. „Sie müssen den Dingen ins Auge sehen, Mr. Webster. Jemand hat Geld in Ihren Tresor getan und vielleicht..."

„Unmöglich", unterbrach ich. „Mr. Barger und Mrs. White arbeiten beide seit Jahren bei mir. Sie haben mein vollstes Vertrauen."

Seine Miene war unverändert skeptisch. „Sind das Ihre einzigen Angestellten?"

Ich nickte. „Wir sind eine winzige Provinzbank."

„Und beide haben Zugang zum Tresor?"

„Ja", gab ich zu. „Aber ich kann mir nicht vorstellen, daß sie so etwas tun würden."

„Trotzdem, einer von beiden ist schuldig."

Ich dachte angestrengt nach. „Sind Sie absolut sicher, daß Sie keinen Fehler gemacht haben?"

Stuart blies den Rauch in meine Richtung. „Ich mache nie Fehler", erwiderte er bestimmt.

Ich brütete eine Weile vor mich hin. „Mr. Stuart", begann ich. „Sie überprüfen meine Bücher jetzt seit zehn Jahren. Dies ist das erste Mal, daß Sie einen Fehler entdeckt haben."

Er nickte.

„Wäre es Ihnen aus diesem Grund nicht möglich, die Sache morgen noch einmal zu überprüfen? Nur damit Sie hundertprozentig sicher sind, bevor Sie Ihren Bericht abfassen."

Er wog das Für und das Wider ab und brummte dann widerwillig. „Wenn Sie wollen. Ich schaue morgen noch einmal vorbei. Um neun Uhr. Punkt neun."

Als er gegangen war, suchte ich meine beiden Angestellten auf. Obwohl bereits Feierabend war, saßen Mr. Barger und Mrs. White noch immer hinter ihren Schreibtischen.

„Wissen Sie, was Mr. Stuart herausgefunden hat?" fragte ich.

Sie nickten beide und schauten verlegen auf ihre Hände.

„Und Sie wissen, welche Folgen das nach sich zieht", fuhr ich fort. „Es wird eine Sonderprüfung stattfinden. Und dann wird es überall heißen, daß wir eine schlampige Buchführung haben. Ich würde mich nicht wundern, wenn demnächst jeder zweite Kunde sein Konto bei uns auflöste."

Sie wichen noch immer meinen Blicken aus.

„Ich kann das einfach nicht begreifen", fuhr ich fort.

„Sie beide arbeiten jetzt seit über zwanzig Jahren bei mir. Ich dachte, wir seien nicht nur Arbeitgeber und Arbeitnehmer. Ich glaubte, wir seien Freunde."

Mrs. White schluckte. Sie hatte schon weißes Haar und war bereits mehrfache Großmutter.

„Ich weiß nicht, wer von Ihnen beiden verantwortlich ist", sagte ich. „Oder welche Umstände Sie dazu veranlaßt haben, so etwas zu tun. Doch was geschehen ist, ist geschehen. Und da es sich schließlich nur um zehn Dollar handelt, sollten wir die Sache auf der Stelle bereinigen."

Hoffnung zeichnete sich auf beiden Gesichtern ab.

Ich lächelte. „Zum Glück konnte ich Mr. Stuart überreden, morgen noch einmal vorbeizuschauen, um die Angelegenheit erneut zu überprüfen. Deshalb gehe ich jetzt ganz einfach zum Tresor und nehme eine Zehndollarnote heraus. Damit wären unsere Bargeldreserven dann wieder auf dem richtigen Stand."

Ihre Mienen verfinsterten sich schlagartig.

„Das ist kein Diebstahl", sagte ich schnell. „Ich spende das Geld dem Roten Kreuz oder einem Wohltätigkeitsverein."

Barger war ein kleiner, magerer und unterwürfiger Mann, ein paar Jahre älter als Mrs. White. Er räusperte sich. „Es ist etwas anderes, Mr. Webster. Der Tresor ist bereits geschlossen und die Zeituhr eingestellt. Wir können ihn vor morgen früh neun Uhr nicht öffnen."

Ich seufzte und schloß die Augen.

Mrs. White meldete sich schüchtern zu Wort. „Vielleicht könnten wir die zehn Dollar morgen früh noch herausnehmen?"

„Nein", erwiderte ich mißmutig. „Stuart sagte, er sei um Punkt neun Uhr hier. Seit ich ihn kenne, hat er sich nicht einmal um eine Sekunde verspätet."

Als ich abends in meinem Apartment war und gerade die Nachrichten sehen wollte, läutete es an meiner Tür.

Es war Barger, der seinen Hut abnahm und verlegen

stammelte: „Könnte ... könnte ich Sie vielleicht sprechen, Mr. Webster?"

„Natürlich, Henry. Treten Sie ein."

Wir gingen ins Wohnzimmer, und ich schaltete das Fernsehgerät aus.

Barger saß auf dem äußersten Rand eines Sessels und legte den Hut auf seine Knie. „Ich habe die ganze Geschichte noch einmal überdacht", begann er zögernd. „Und ich möchte auf keinen Fall, daß Sie glauben, Mrs. White sei für den Ärger mit dem Geld verantwortlich." Er schluckte und hatte sichtliche Schwierigkeiten, weiterzusprechen. „Mr. Webster, *ich* war es, der die zehn Dollar zu unseren Bargeldreserven hinzugefügt hat."

Ich traute meinen Ohren nicht. „Aber Henry, was haben Sie sich dabei gedacht?"

Er starrte betreten auf seine Zehenspitzen.

„Es war nicht meine Absicht, es war ein Versehen."

Seine Finger bearbeiteten nervös die Hutkrempe, sein Gesicht war kreidebleich.

„Henry", sagte ich besänftigend. „Soll ich Ihnen ein Glas Wasser holen?"

Er schüttelte den Kopf. „Danke", murmelte er. „Es geht mir schon besser."

Nach einer Weile fragte ich: „Wie konnte es passieren?"

Er holte tief Luft. „Beim Rennen."

Ich runzelte die Stirn. „Beim Rennen?"

„Ja. Die haben in Clinton ein Wettbüro eingerichtet. Ein herrliches Büro, Mr. Webster. Ein Dutzend Leute oder mehr sitzen die ganze Zeit am Telefon. Sie notieren Wetten von überall her, selbst von New York und Philadelphia."

Es verschlug mir fast die Sprache. „Sie haben auf Pferde gewettet?"

Er ließ den Kopf hängen. „Da waren all die Arztrechnungen, und ich konnte meine Raten für den Fernseher nicht bezahlen. Mein Gehalt ist nun mal recht klein..."

„Das tut mir wirklich leid, Henry", unterbrach ich.

„Aber Sie wissen doch, wir sind eine kleine Bank und..."

Er hob seine rechte Hand. „Ich wollte mich nicht beklagen, Mr. Webster. Ich weiß ja, wie die Dinge liegen."

Ich seufzte. „Aber Henry, Sie können sich doch nicht auf so ein Glücksspiel verlassen."

Er sah wieder auf seine Fußspitzen. „Zuerst waren es zwei Dollar, dann fünf, dann zehn. Ich hatte natürlich auch ein paar Glückstreffer, doch ich steckte tiefer und tiefer in den Schulden."

Mein Verdacht wurde immer größer. „Woher nahmen Sie das Geld?"

Er leckte seine Lippen. „Von der Bank, Mr. Webster."

Es wurde so still im Raum, daß ich hörte, wie der Kühlschrankmotor in der Küche ansprang.

Bargers Finger spielten immer nervöser mit der Hutkrempe. „Als ich schließlich zweitausend Dollar aus dem Tresor genommen hatte, wurde mir klar, daß ich das Geld niemals würde zurückzahlen können, es sei denn, mir gelänge ein Glückstreffer."

„Dann nahmen Sie also noch mehr Geld aus dem Tresor?"

fragte ich ganz außer mir.

Er nickte. „Ich machte eine Zweitausend-Dollar-Wette."

„Und Sie verloren auch dieses Geld", sagte ich. „So ist das immer..."

„Nein, Mr. Webster", unterbrach er mich. „Mein Pferd gewann und brachte mir den zehnfachen Einsatz. Ich konnte meine Arztrechnungen begleichen, meine Raten bezahlen und das Geld in den Tresor zurücklegen." Er seufzte. „Ja, und dabei muß ich mich um zehn Dollar vertan haben."

Ich brachte vor Verblüffung kein Wort heraus.

Jetzt, nachdem Henry alles gestanden hatte, wirkte er geradezu erleichtert. „Vor genau einer Woche putzte ich die Markise über meiner Terrasse, und in der Nacht träumte ich nur noch von Markisen, Markisen." Er lächelte. „Und wissen Sie was, Mr. Webster? Am nächsten Morgen, als ich wieder ein Wettformular ausfüllen wollte, da las ich ihn! Marquise, den Namen einer Stute beim Rennen in Cripple Creck.

„Das hat wohl mit Ihrer Markise wenig zu tun", erwiderte ich kühl.

„Mr. Webster", fuhr Barger fort. „Wenn Sie eine Botschaft von oben bekommen, werden Sie sich kaum um irgendwelche Rechtschreibungsprobleme kümmern."

Er sah, wie ich mir die Augen rieb. „Ich nehme an, Sie werden mich sofort entlassen", sagte er bekümmert.

„Ich würde es gerne tun", erwiderte ich. „Doch da das Geld jetzt wieder auf der Bank ist..."

„Und sogar mehr", fügte Barger eifrig hinzu.

Ich begann, unruhig im Zimmer auf und ab zu laufen.

„Irgendwie müssen wir an den Tresor gelangen, bevor Stuart kommt."

Barger schwieg.

Ich überlegte fieberhaft, bis mir schließlich eine Idee kam. „Ich hab's! Wir müssen nur dafür sorgen, daß Stuart noch nicht in der Bank ist, wenn der Tresor geöffnet werden kann."

Barger war ganz und gar meiner Meinung. „Ja, Mr. Webster, aber wie?"

„Wenn Stuart in der Stadt ist, nimmt er immer ein Zimmer im Bahnhofshotel. Es liegt etwa sieben Häuserblocks von unserer Bank entfernt, und ich weiß, daß er immer zu Fuß geht."

Bargers Augen blitzten auf. „Ja, Mr. Webster?"

„Ich hole ihn mit dem Auto ab, und unterwegs täusche ich einen Motorschaden vor. Ich sorge dafür, daß wir erst kurz nach neun Uhr die Bank erreichen."

Barger nickte. „Und ich bin zur Stelle, wenn der Tresor wieder geöffnet werden kann, und schnappe mir sofort die zehn Dollar."

„Aber, vergessen Sie nicht", warnte ich, „ich kann Ihnen nicht mehr als fünf Minuten Zeit lassen."

Dann sah ich ihn stirnrunzelnd an. „Und noch etwas, Henry, Sie müssen mir versprechen, sich nicht noch einmal am Tresor zu vergreifen."

Er hob die Hand zum Schwur. „Glauben Sie mir, Mr. Webster; das war mir eine Lehre. Es zahlt sich nicht aus, auf Pferde zu setzen."

Am folgenden Morgen – ich beendete soeben mein Frühstück im *Jack & Millie's Restaurant* – erschien plötzlich Mrs. White im Türeingang. Sie schaute sich zögernd um und trat dann an meinen Tisch.

Sie nahm Platz und hielt krampfhaft ihre Geldbörse umklammert. „Mr. Webster, ich habe die ganze Nacht vor lauter Sorgen kein Auge zugetan."

„Mrs. White", erwiderte ich, „wir sollten diese dumme Geschichte vergessen..."

„Ich muß die Sache ins reine bringen", sagte sie. „Ich kann es einfach nicht zulassen, daß Sie vielleicht Mr. Barger verdächtigen."

Ich wollte gerade einen Schluck Kaffee trinken, doch als ich die Tasse zum Mund führte, hielt ich inne.

Mrs. White sah mich mit ihren treuen blauen Augen an. „Mr. Webster, ich war es, die die Zehndollarnote in den Tresor gelegt hat."

Ich stellte die Tasse ab.

„Sehen Sie, Mr. Webster, ich habe sechs Kinder, acht reizende Enkelkinder und bin mit jeder zweiten Person in der Stadt verwandt."

Ich starrte aus dem Fenster und wartete.

„Und, wie Sie wissen, sind die Zeiten nicht so gut. Da braucht jeder ein bißchen Hilfe... hier und da."

Ich seufzte.

„Die Sparzinsen sind augenblicklich geradezu lächerlich niedrig. Deshalb habe ich... von Zeit zu Zeit... ein wenig nachgeholfen."

„Wieviel haben Sie genommen?"

„Sie sind alle herzensgute Menschen, Mr. Webster. Gottes-fürchtig und achtbar. Und wo ich doch in einer Bank arbeite und überall das Geld herumliegt..."

„Wieviel?"

Sie klammerte sich noch krampfhafter an ihrer Geldbörse fest. „2500 Dollar und 89 Cents."

Einen Augenblick stutzte ich und wollte mehr über jene 89 Cents erfahren, statt dessen aber sagte ich: „Mrs. White, das war sehr töricht von Ihnen."

Sie nickte reumütig. „Zehn Dollar hier, dreißig Dollar dort. Das läppert sich zusammen."

Ich schüttelte den Kopf. „Und natürlich hat keiner einen Cent zurückgezahlt."

Sie schaute auf. „Doch, Mr. Webster. Bis auf den letzten Cent. Und als ich das Geld wieder beisammen hatte, gab ich es in den Tresor zurück. Dabei müssen mir die überzähligen zehn Dollar mit reingerutscht sein."

Sie setzte eine ernste Miene auf. „Ich übernehme die volle Verantwortung für die zehn Dollar. Ich habe ein erfülltes Leben gehabt und empfinde keine Reue. Ich hoffe nur, daß mich meine Enkelkinder gelegentlich besuchen dürfen."

Ich fand langsam wieder zu mir. „Ich glaube nicht, daß es soweit kommen wird."

„Aber Sie werden mich natürlich entlassen. Schließlich habe ich einen Treueeid gebrochen."

„Nein", erwiderte ich verstimmt. „Ich habe bereits einen Präzedenzfall geschaffen."

„Wenn Sie wüßten, wieviel Gutes das Geld bewirkt hat, statt nur in dem alten Tresor zu vergammeln", fuhr Mrs. White fort. „Emmy konnte sich endlich den Wäschetrockner kaufen, den sie mit ihren drei kleinen Kindern so dringend braucht. Mary Ann bekam ihr Kleid für den College-Ball. Ihr Leben wäre ruiniert gewesen, hätte sie nicht die 45 Dollar und 89 Cents zusammenkratzen können."

Ich schaute auf meine Armbanduhr. „Wir werden die Sache schon irgendwie ausbügeln."

„Glauben Sie wirklich, Mr. Webster?" fragte sie eifrig.

Ich strich ihr beruhigend über die Hand. „Ja. Ich hole Mr. Stuart mit dem Wagen vom Hotel ab und täusche einen Motorschaden vor." Ich zwinkerte ihr zu. „Und in der Zwischenzeit sorgt Henry dafür, daß unsere Bargeldreserven wieder auf den richtigen Stand kommen."

Ihre Augen leuchteten auf. „Was für eine hervorragende Idee, Mr. Webster!" Dann hob sie besorgt die Brauen. „Sie müssen sich aber beeilen, wenn Sie Mr. Stuart noch erreichen wollen, Mr. Webster."

„Aber nein", sagte ich. „Es ist doch erst Viertel nach acht."

Sie zog ihre kleine goldene Taschenuhr hervor und schaute dann über meine Schulter. „Es tut mir leid, Mr. Webster, aber Ihre Uhr geht falsch. Nach der Wanduhr hinter Ihnen und meiner Uhr ist es bereits vierzehn vor neun."

Ich vergewisserte mich und griff nach meinem Hut. „Wir können es vielleicht noch schaffen. Aber wir müssen uns beeilen."

Wir hasteten aus dem Restaurant zu meinem Wagen, den

ich an der Kreuzung geparkt hatte. Dann bemerkte ich die Bescherung. Es dauerte etwa dreißig Sekunden, bis ich die Sprache wiederfand.

„Mrs. White", sagte ich verdrießlich, „wenn Sie bitte schon einsteigen würden. Ich werde inzwischen den Reifen wechseln."

Als wir die Bank erreichten, war es zehn nach neun. Bargers Gesicht war leichenblaß. „Stuart war hier, als der Tresor aufging. Was ist passiert, Mr. Webster?"

„Ist schon gut", sagte ich irritiert.

Dann nahmen wir alle drei Platz und warteten.

Die Zeit schleppte sich dahin, und wir verfolgten den Minutenzeiger der elektrischen Uhr, der im Schneckentempo seine Kreise zog.

Um Punkt zehn Uhr dreißig trat Stuart aus dem Tresorraum. Sein Gesicht war leicht gerötet. „Also so was", murmelte er. „Aber das kann wohl jedem passieren."

Ich atmete auf. „Was meinen Sie?"

Er fuchtelte mit einem Bündel Zehndollar-Noten in der Luft herum. „Einer der Scheine war in der Mitte gefaltet. Und als ich den Stapel gestern durchging, habe ich denselben Schein zweimal gezählt. Von beiden Enden, verstehen Sie." Er kicherte verlegen, fast albern, vor sich hin. „Wenn ich das Bündel von der anderen Seite gezählt hätte, nun, dann hätten zehn Dollar gefehlt."

Barger und Mrs. White schauten erst einander und dann wieder den immer röter anlaufenden Stuart an.

„Das hätte jedem passieren können", sagte er.

Ich holte tief Luft. „Dann sind also unsere Bargeldreserven..."

„Auf dem richtigen Stand", ergänzte Stuart. „Auf den Cent genau."

Gegen Mittag ging ich erneut in *Jack & Millie's Restaurant*, um mich zu stärken. Mr. Sprayne aus New York nahm an meinem Tisch Platz.

Er zückte Block und Kugelschreiber. „Welches ist heute Ihr Pferd?"

„Keins", erwiderte ich. „Ich wette nicht mehr."

Er sah mich erstaunt an. „Und das gerade jetzt, wo Sie mit Marquise den ersten Platz gemacht haben? Zehntausend, nicht wahr?"

„Trotzdem", sagte ich entschlossen, und es war mir bitter ernst.

Es zahlt sich nicht aus, auf Pferde zu setzen.

Und für einen Augenblick glaubte ich, die Zehndollar-Note selbst in den Tresor gelegt zu haben.

Diamantenfieber

Es klopfte an meine Bürotür – ein leises, zaghaftes Klopfen. Dann öffnete sich die Tür zur Hälfte, und eine Frauenstimme fragte: „Mr. William Ash, Privatdetektiv, bin ich hier richtig?"

Sie war etwa vierzig, groß und relativ schlank. Ihr braunes Haar trug sie zu einem altmodischen Knoten zusammengebunden. Ihr Gesicht war ebenmäßig, offen und sympathisch. Schwer zu sagen, ob ihr kurzes, schlichtes Kleid und ihre goldfarbenen Ledersandalen teuer oder billig gewesen waren. Der Ehering jedoch, ein Jadering und eine dazu passende Anstecknadel hätten aus einem Kaufhaus sein können. Bei der ist kein Geld zu holen, dachte ich resigniert und erhob mich aus meinem Sessel.

„Da sind Sie genau richtig. Treten Sie ein." Ihre haselnußbraunen Augen wanderten nervös hin und her. Ihren schmalen roten Mund umgab ein feines Faltennetz. Vielleicht war sie auch fünfzig. Ich tippte auf einen Ehemann-Beschattungs-Job.

Sie nahm neben meinem Schreibtisch Platz und schlug ihre auffällig schönen, schlanken Beine übereinander. Oder war sie doch erst fünfunddreißig?

„Mein Name ist Daisy Davis." Mit diesen Worten zauberte sie eine Tausenddollarnote aus ihrer Handtasche und legte sie auf meinen Schreibtisch.

„Mrs. Davis, Sie haben wirklich eine reizende Art, ein Gespräch zu beginnen", sagte ich und starrte erstaunt auf den dicken Schein. „Aber Sie scheinen mein Türschild falsch gelesen zu haben. Ich bin ein Privatdetektiv und kein Halsabschneider. Ich lasse.mich nicht in irgendwelche Revolvergeschichten ein, auch nicht für einen Tausender."

„Ich will einen Detektiv und keinen Totschläger", erwiderte sie ruhig. „Alle Leute, denen ich meine Sache erzählt habe, glauben, ich sei reif für die Klapsmühle. Wann immer Sie also meinen, ich würde konfuses Zeug reden, Mr. Ash, dann schauen Sie auf das Geld. Es wird Sie in die Wirklichkeit zurückholen."

„Okay, ich kann meine gierigen Augen kaum von dem Scheinchen losreißen. Mit welchen Leuten haben Sie gesprochen, Mrs. Davis? Und worüber?"

„Ich habe mit der Polizei gesprochen, aber als ich so angestarrt wurde, als sei ich gerade aus dem Irrenhaus entflohen, da habe ich es vorgezogen, den Mund zu halten. Mr. Ash, ich bin mehr als dreihundert Meilen gereist, um mit Ihnen zu sprechen. Ich erinnere mich, vor Jahren von einem Fall gelesen zu haben, den Sie bearbeiteten. Es ging um einen Spieler, der des Mordes angeklagt wurde. Und obwohl er bereits für schuldig erklärt worden war und Sie kein Geld mehr bekamen, verfolgten Sie den Fall, bis Sie den wahren Mörder fanden. Mir gefällt diese Art von Arbeitseinstellung."

Ich zuckte die Achseln und starrte weiter auf den magischen Geldschein. „Wenn man etwas anfängt, dann muß man es auch zu Ende führen. Und was haben Sie auf dem Herzen, Mrs. Davis?"

„Nick, mein Ehemann, wurde vor einem Monat umgebracht. Er starb einen grausamen Tod, er wurde gefoltert. Ich möchte, daß Sie den Killer oder die Killer finden. Mein Mann wurde entweder von einem sogenannten Carlos ermordet, dem Vertreter eines südafrikanischen Diamanten-Syndikats, oder von einem – bitte lassen Sie das Geld nicht aus den Augen – Außerirdischen."

Ich bemühte mich, ernst zu bleiben. Sie machte kaum den Eindruck, ins Irrenhaus zu gehören. „Außerirdische? Es geht doch wohl hoffentlich nicht um fliegende Untertassen?"

„Ich glaube doch", sagte sie.

Ich riß meine Augen von dem Geld und starrte sie an. Sie erwiderte meinen Blick mit sanften, ruhigen Augen. „Bitte erzählen Sie mir alles ganz von vorn, in allen Einzelheiten", sagte ich.

„Nick und ich waren seit zwanzig Jahren verheiratet, wir haben keine Kinder. Ich arbeitete als Telefonistin, er als Angestellter im Leichenschauhaus eines U.S.-Luftstützpunktes. Ich glaube, wir waren ein recht durchschnittliches Paar. Unser gemeinsames Einkommen betrug neuntausend

Dollar. Wir hatten ein hübsches kleines Häuschen, einen alten Wagen und etwa tausend Dollar auf der Bank. Heute besitze ich jedoch einen Cadillac und über sechsundvierzigtausend Dollar in bar. All das Geld kam in den letzten vier Monaten zusammen. Kurzum, Nick muß in irgendeine krumme Geschichte verwickelt worden sein."

Meine Handflächen waren plötzlich feucht, ich rieb sie an meiner Hose trocken. „Wozu braucht ein Luftstützpunkt ein Leichenschauhaus?"

„Wird ein Pilot bei einem Flugzeugunglück getötet, so bleibt er bis zur Klärung der Angelegenheit im Leichenschauhaus. Im Grunde genommen war es mehr ein Verwaltungsjob. Nick war, wenn Sie so wollen, ein gehobener Leichenträger. Nun, Mr. Ash, ich selbst habe nie ein UFO gesehen. Doch in unserer Gegend sollen letztes Jahr mehrere solcher Flugobjekte gesichtet worden sein. Die Leute behaupten, Lichter gesehen zu haben – fliegende Untertassen –, die über den Starkstromleitungen schwebten. Ob es wahr ist oder nicht, das kann ich natürlich nicht sagen. Ich weiß allerdings, daß der Stützpunkt Kampfflugzeuge rausgeschickt hat, um nach den UFOs zu suchen." Sie machte eine kurze Pause und fuhr dann fort.

„Vor etwa sieben Monaten kam Nick abends ganz aufgeregt nach Hause und redete von einer streng geheimen Angelegenheit. Vier Leichen von der Größe Achtjähriger seien ins Leichenschauhaus geschafft worden, jede einzeln in einem Leinensack verpackt. Es handele sich um sogenannte Humanoiden, menschenähnliche Wesen, die sich ausschließlich in fliegenden Untertassen aufhalten. Nick hat natürlich die Säcke nicht geöffnet, sondern lediglich in den entsprechenden Fächern verwahrt.

Zirka einen Monat danach, in zwei aufeinanderfolgenden Nächten, soll ein UFO über einem verlassenen Steinbruch gesichtet worden sein. Beide Male war Nick außer Haus. Nach der zweiten UFO-Sichtung wurde er gefeuert. Er wollte mir nie sagen, warum. Die offizielle Begründung lautete Untauglichkeit. Es waren nur noch sechs Jahre bis zu seiner Pensionierung, doch Nick war gar nicht verstört, im Gegenteil. Er zeigte mir einen dicken Klumpen, der aussah wie Milchglas und mindestens zwei Kilo wog. Nick warnte mich, mit jemand darüber zu sprechen und erklärte mir, es sei ein Rohdiamant. Ich habe den Stein nie wieder gesehen, und Nick weigerte sich strikt, mir zu sagen, was in dem Luftstützpunkt passiert war. Nach meiner Theorie, doch es ist nur eine Theorie, wurde Nick der Diamant von einem UFO-Insassen als Gegenleistung dafür gegeben, daß er einen oder alle vier Toten aus dem Leichenschauhaus schaffte. Die Luftwaffe weigert sich, zu dem Fall Stellung zu nehmen."

„Und glauben Sie, daß dieser Zwei-Kilo-Stein tatsächlich ein Diamant war?" fragte ich. „Ich habe noch nie von einem Stein dieser Größe gehört."

„Ich glaube schon. Nick wollte mir keine Einzelheiten verraten und erklärte, es sei sicherer, nicht zuviel zu wissen. Ich weiß nur, daß Nick einen Juwelier in Springfield aufsuchte, das ist die nächstgrößere Stadt von Eastville, wo wir wohnen. Der Juwelier, ein gewisser Mr. Frank Simpson, ist inzwischen verschwunden. Doch kurz vorher erzählte er mir, Nick habe ihm mehrere Rohdiamanten zum Verkauf gebracht, die insgesamt 109 Karat wogen. Eine Woche später hatte Nick plötzlich Tausende von Dollars. Zehn Tage später hatte er noch mehr Geld und kaufte den Caddy. Nach meiner Theorie ging Nick zum Steinbruch und am folgenden Tag nach Springfield. Später fuhr er wieder nach Springfield und kam mit weiteren Tausenden von Dollars zurück. Ich bin sicher, er hat den großen Diamanten zerschnitten und die einzelnen Stücke Mr. Simpson verkauft. Der hat sie dann geschliffen und an Diamantenhändler in New York weiterverkauft."

„Verstand Nick etwas von Diamanten?"

„Nein."

„Diamantenschneiden ist nämlich eine verdammt komplizierte Angelegenheit."

Sie nickte. „Ich glaube, Nick hat den Stein ganz einfach mit dem Meißel bearbeitet und die Splitter Simpson gebracht. Nick war überglücklich. Er glaubte, bald ein Millionär zu sein und machte schon die kühnsten Pläne für eine Weltreise mit mir. Mr. Simpson sagte mir..."

„Wann war das?"

„Am Tag, nachdem Nicks Leiche gefunden worden war. Ich suchte Simpson auf. Er war gerade dabei, seine Koffer zu packen und hatte sichtlich große Angst. Er erklärte mir, die Diamanten seien makellos, die wertvollsten Steine, die er jemals gesehen habe, und daß Mr. Carlos von einer großen südafrikanischen Diamanten-Gesellschaft ihn nach der Mine gefragt habe, wo sie gefunden worden seien. Er wollte Simpson überreden, ausschließlich an seine Firma zu verkaufen. Ich weiß, daß Nick am Tage seiner Ermordung zweimal von diesem Carlos angerufen wurde. Ich hörte ihn schreien, daß er auf den Handel nicht eingehen wolle und nicht verraten werde, woher die Steine waren. Mehr habe ich nicht verstehen können. Ich weiß nur, daß Nick sehr verärgert war. Beim zweiten Anruf, kurz bevor er auflegte, rief er: ‚Sie können mich nicht bedrohen!‘ Als ich wissen wollte, was passiert sei, bat mich Nick, mir keine Sorgen zu machen. Er ging in jener Nacht wieder zum Steinbruch und kehrte nicht zurück. Am nächsten Morgen wurde seine Leiche gefunden, die mehrere Brandspuren aufwies.“

Ich fixierte noch immer die Tausenddollarnote. „Was hat die Polizei unternommen?“

„Nichts. Sie behaupten, Nick sei von einem oder mehreren Unbekannten getötet worden. Und als ich anfing, von den fliegenden Untertassen zu reden, da haben sie mich für verrückt erklärt. Meine Geschichte mit der Diamantengesellschaft haben sie natürlich auch nicht geglaubt, in dieser Gegend wurden niemals Diamanten gefunden. Als sich die Polizei an den Luftstützpunkt wandte, hat sie außer ‚Kein Kommentar‘ nichts in Erfahrung bringen können. Ich will, daß Nicks Mörder gefunden wird.“

Meine Augen spazierten den Rand der Banknote entlang. „Mrs. Davis, wo waren Sie in der besagten Nacht, als Ihr Mann umgebracht wurde?“

Sie rang nach Luft, und ich sah zu ihr auf. Sie errötete ein

146

wenig und stammelte: „Wollen Sie etwa andeuten, ich hätte..."

„Ich versuche lediglich, so viele Fakten wie möglich zusammenzutragen", unterbrach ich. „Sie sagten, Nick sei in jener Nacht nicht zurückgekehrt. Machten Sie sich denn keine Sorgen?"

„Ich spielte Bridge bei unseren Nachbarn. Die Polizei hat das bereits überprüft. Ich kam etwa gegen elf Uhr nach Hause und ging gleich zu Bett. Ich habe einen gesunden Schlaf; erst am nächsten Morgen stellte ich fest, daß Nick nicht heimgekommen war. Wenn ich meinen Mann umgebracht hätte, würde ich dann einen Detektiv einschalten, um den Mörder zu finden? Das ergibt doch keinen Sinn."

„Sie könnten mich ja einsetzen, um den Rest des Diamanten zu finden", meinte ich ruhig.

Daisy schüttelte den Kopf. „Was kümmert mich dieser verfluchte Stein? Wenn Sie ihn finden, bitte... Aber ich sagte Ihnen ja bereits, daß ich genug Geld habe. Außerdem bekomme ich Nicks Rente und Lebensversicherung ausbezahlt. Ich will, daß Nicks Mörder gefunden wird. Es gibt allerdings noch einen weiteren Grund: Ich habe Angst, und ich glaube ständig, beobachtet und verfolgt zu werden."

„Hat sich dieser Carlos gemeldet, seit Nick tot ist?" wollte ich wissen.

„Nein, niemand hat sich gemeldet. Trotzdem habe ich das Gefühl, daß mir jemand nachspioniert."

„Sind Sie jemals in dem Steinbruch gewesen? Wenn ja, wie sieht es dort aus?"

147

„Ich war nur einmal da, als ich die Leiche identifizieren mußte. Es ist ein großes, felsiges Loch, das mit Wasser gefüllt ist. Ich glaube, man hat in dem Steinbruch früher Schiefer abgebaut. Seit etwa zwanzig Jahren ist er verlassen. Es stehen noch eine halbverfallene Baracke und ein paar verrostete Maschinen herum. Eine Zeitlang kamen die Kinder zum Schwimmen dorthin, doch seitdem ein kleines Mädchen ertrunken ist, geht niemand mehr zu dem Steinbruch. Mr. Ash, wollen Sie den Fall übernehmen?"

Wie es das Schicksal wollte, hatte ich gerade nur einen Autounfall zu bearbeiten, für den ein oder zwei Zeugen ausfindig gemacht werden mußten.

„Einverstanden, ich übernehme den Fall. Ich berechne hundert Dollar pro Tag, zuzüglich Sonderausgaben und ohne Erfolgsgarantie. Sind Sie noch immer interessiert, Mrs. Davis?"

Die Höhe des Honorars schien sie nicht zu beeindrucken. „Ich verlange nur, daß Sie Ihr Bestes tun."

Ich holte meinen Notizblock aus der Schreibtischschublade und schrieb auf, wann die UFOs gesichtet worden waren, und wann man Nick entlassen hatte. Außerdem notierte ich Simpsons Adresse und einige Daten, die Nick und Daisy betrafen. Hinsichtlich Carlos hatte ich auch eine Frage.

„Kennen Sie seinen vollen Namen und den Namen der Gesellschaft, für die er tätig ist?"

„Ich weiß nur, daß er Carlos heißt. Ob es sein Vorname oder sein Familienname ist, kann ich nicht sagen. Nick hat auch nie den Namen der Gesellschaft erwähnt, für die er arbeitet."

„Woher wissen Sie dann, daß es sich um eine südafrikanische Firma handelt?"

„Mr. Simpson hat den Namen nicht erwähnt, sprach aber davon, daß die Gesellschaft in Südafrika sitzt."

Ich tippte einen Vertrag, den Mrs. Davis unterschrieb. Dann gingen wir zu meiner Bank, wo sie für mich den Tausenddollarschein als Vorschuß wechselte. Ich war äußerst beeindruckt, als ich sah, daß Daisy Davis auch noch eine weitere Banknote von fünfhundert Dollar eintauschte. Sie wollte anschließend nach Eastville zurückfahren, doch ich riet ihr, aus Sicherheitsgründen einige Tage in der Stadt zu bleiben. Ich beauftragte Leo Klein, einen Stadtschnüffler, mit dem ich früher zusammen Streifendienst gemacht hatte, ein Auge auf sie zu werfen.

Im Büro angelangt, nahm ich an meinem Schreibtisch Platz und zählte die zwanzig Fünfzigdollarnoten wieder und immer wieder, so als wollte ich mich davon überzeugen, daß ich auch wirklich nicht träumte. Nach meiner zwanzigjährigen Karriere als Stadtpolizist und inzwischen achtjährigen Laufbahn als Privatdetektiv glaubte ich, bereits jeden möglichen Fall bearbeitet zu haben. Und jetzt sollte ich mich mit fliegenden Untertassen auseinandersetzen? Ich konnte es immer noch nicht glauben.

Bei meiner Tätigkeit gibt es Dinge, die man erledigen kann, ohne den Schreibtisch zu verlassen. Ich zog Erkundigungen über Mrs. Daisy Davis ein, indem ich einen Bankangestellten kontaktierte, der mir als Gegenleistung für ein paar Flaschen

Whisky ein paar wichtige Informationen gab. Dann rief ich einen Reporter an, dem ich des öfteren unter die Arme gegriffen hatte, als er noch mein Schwiegersohn war. Wir verstehen uns auch weiterhin sehr gut. Ich bat ihn, im Zeitungsarchiv nachzusehen, ob an den angegebenen Daten in Eastville tatsächlich ein UFO gesichtet worden sei.

Mein Ex-Schwiegersohn war sehr verblüfft. „Fliegende Untertassen? Bill, hast du noch alle Tassen im Schrank?"

„Das weiß ich, ehrlich gesagt, selbst nicht genau. Aber überprüf doch bitte diese Angelegenheit."

Anschließend rief ich einen Typen an, den ich von meiner Militärzeit her kannte und der heute ein hohes Tier bei der Polizei ist. Nach dem üblichen „Wie geht's, wie steht's?" fragte ich ihn, wen er von der New Yorker Polizei kannte oder ob er Kontakte zu einem Beamten vom New Yorker Diamanten-Syndikat hatte. Er bat mich um etwas Zeit für seine Erkundigungen und schlug vor, mich zurückzurufen.

Als ich das Polizeirevier von Eastville an der Strippe hatte, meinte der Sergeant: „So, jetzt heuert sie also einen Privatdetektiv an, das wird ja immer schöner. Ich kann Ihnen leider nicht viel über Nick Davis' Mordfall berichten. In unserem Strafregister wird er nicht geführt, er scheint überhaupt eine reine Weste gehabt zu haben. Mrs. Davis' Alibi wurde ebenfalls überprüft. Sie spielte in der Mordnacht Bridge. Es gibt also kein Tatmotiv. Wir sind der Überzeugung, daß es sich um die Tat eines Geisteskranken handelt. An den Fußsohlen und Beinen des Ermordeten fanden wir kästchenförmige Muster eingebrannt, ähnlich einem Schachbrett.

Nick Davis hatte über hundertfünfzig Dollar in seinem Portemonnaie, sie wurden nicht angerührt. Das kann nur das Werk eines Geisteskranken sein."

„Dieses kästchenförmige Muster, könnte es irgendeine Bedeutung haben?"

„Nun, das heißt nichts weiter, als daß ein Verrückter mit einem Brandeisen an diesen Davis geraten ist. Mehr würde ich in diese Geschichte nicht hineininterpretieren. Natürlich konnten wir den Fall noch nicht ganz zu den Akten legen, doch wir haben weder den geringsten Hinweis auf das Motiv des Täters noch auf seine Person."

Ich mußte mich zusammenreißen, um nicht laut zu lachen. Der Fall war noch nicht zu den Akten gelegt. Ich hätte wetten können, daß dies seit mehr als fünfzig Jahren der einzige Mordfall in Eastville war.

„Hat Ihnen denn Mrs. Davis keinen brauchbaren Hinweis gegeben?"

„Ich kenne Daisy Davis jetzt schon seit vielen Jahren, Mister, und ich kannte sie bislang als eine vernünftige, nüchtern denkende Frau. Der Schock und der Kummer um den Tod ihres Mannes müssen sie, zumindest vorübergehend, um den Verstand gebracht haben. Wirklich, ich übertreibe nicht. Sie faselte etwas über Männer von einem anderen Planeten, südafrikanische Gangster und Diamanten. Sie befand sich wirklich in einer ganz üblen Verfassung."

„Sagen Sie mir, wurden in Ihrer Gegend nicht des öfteren UFOs gesichtet?"

„Bitte, Mister, rühren Sie dieses Thema nicht an. Wir

bekommen fast jeden Monat Anrufe von solchen Spinnern, die beschwören würden, fliegende Untertassen und ähnliches gesehen zu haben. Sie werden richtig aggressiv, wenn man ihnen nicht glaubt. Im Ernst, wenn Sie mich fragen, sind das nichts als Hirngespinste. Wir geben diese Meldungen zwar an den Luftstützpunkt weiter, doch dort landen sie in der Schublade oder im Papierkorb. Jemand sieht eine Sternschnuppe oder ein Flugzeuglicht, und gleich heißt es, UFOs würden hier herumsausen."

Ich dankte und legte auf. Kurz darauf rief mein Whisky-Kumpan von der Bank an, um mir mitzuteilen, daß Daisy mehr als kreditwürdig sei. Er verabschiedete sich mit den Worten: „Bill, das ist die Klientin für dich. Wirklich ein dicker Fisch."

Mein Polizei-Freund teilte mir den Namen des Chefs des Sicherheitsdienstes vom Manhattaner Diamanten-Syndikat mit. „Bill", fügte er hinzu. „Ich bin diesem Kerl nur ein einziges Mal begegnet. Er war früher beim FBI. Wenn du irgendeine Information von ihm brauchen solltest, dann suchst du ihn am besten in New York auf. Anrufen wäre nur Geldverschwendung. An was arbeitest du denn gerade, Bill? Ich kann mich an keinen Juwelendiebstahl in den letzten Monaten erinnern."

„Dies ist eine ganz vertrackte Angelegenheit", wich ich aus. „Danke für deine Hilfe. Ich schaue demnächst mal vorbei, um zu sehen, wieviel Bier du an einem Abend verträgst."

Fünf Minuten später meldete sich mein Schwiegersohn am Telefon. „Zieh deinen Weltraumanzug an, alter Herr. An den angegebenen Daten wurden tatsächlich UFOs gesichtet. Verschiedene Leute, keine Spinner übrigens, wollen sie gesehen haben. Im Umkreis von Eastville werden verhältnismäßig häufig unbekannte Flugobjekte gesichtet, doch der Luftstützpunkt will sich dazu nicht äußern."

„Danke."

„Hast du von Ruthie gehört, Bill?"

„Es scheint ihr und ihrem Mann in Los Angeles nicht schlecht zu gehen. Sie erwartet ein Baby."

„Sehr gut. Ruthie wollte schon immer Kinder haben. Wie wär's, wenn du mit Alice mal vorbeischauen würdest. Du mußt doch endlich meine neue Frau kennenlernen."

„Einverstanden. Laß uns in den nächsten Tagen einen Termin ausmachen."

Ich rief den U.S.-Luftstützpunkt in Eastville an. Als ich schließlich den Auskunftsbeamten am Apparat hatte, fragte ich: „Stimmt es, daß Sie Leichen von einem UFO bei sich verwahrt haben oder hatten?"

Ich hörte den Beamten nach Luft ringen. „Wer zum Teufel sind Sie?" keuchte er.

„Nur ein neugieriger Steuerzahler", antwortete ich. „Es ist also wahr?"

„Kein Kommentar."

„Warum diese Geheimniskrämerei? Oder haben wir dem Mars den Krieg erklärt?"

„Es gehört nun mal zu den Regeln der Air Force, daß alle UFO-Informationen von Washington ausgehen."

„Dann gehe ich also richtig in der Annahme, daß die Leichen

auf dem Luftstützpunkt von Eastville waren oder sind?"

„Das habe ich weder behauptet noch geleugnet. Ich sagte Ihnen doch bereits, daß wir zu diesem Thema keinen Kommentar abgeben."

„Oh, ich verstehe. Übrigens habe ich alles auf Band aufgenommen", fügte ich hinzu, um ihn zu verunsichern. Als ich aufgelegt hatte, fühlte ich mich sichtlich wohler. Denn wenn Daisy tatsächlich verrückt war, dann war sie es zumindest nicht allein.

Ich rief Mrs. Davis in ihrem Hotel an und erfuhr, daß sie nicht auf ihrem Zimmer war. Ich hinterließ eine Nachricht und bat sie, mich am folgenden Abend anzurufen.

Dann hatte ich Leo wieder an der Strippe. Er meinte: „Wie soll ich wissen, wohin sie gegangen ist? Vielleicht zum Einkaufen oder ins Kino. Auf jeden Fall hat sie sich im Hotel nicht abgemeldet. Ich habe mich erkundigt."

„Behalt Mrs. Davis im Auge, Leo. Dann kümmere ich mich auch um dein Wohl."

„Du, Bill, stell dir vor, mein Arzt hat mir ab heute Alkohol und Zigaretten strengstens verboten."

„Prima, Leo, dann bekommst du eine nette Schachtel Pralinen von mir."

Gegen halb vier erledigte ich meinen letzten Anruf. Diesmal hatte ich meine Frau am Apparat. „Alice, ich muß noch heute abend nach New York, ein dringender Fall. Hast du Lust mitzukommen?"

„Heute abend? Für wie lange, Bill?"

„Oh, wir müßten morgen abend zurück sein."

„Das sind mir zuviel Umstände für einen Tag", sagte Alice.

Ich wußte, daß sie nicht mitkommen würde, doch sie liebte es, gefragt zu werden.

„Soll ich ein kleines Köfferchen packen und dich am Flughafen treffen?"

„Eine hervorragende Idee, Liebling. Du brauchst nur ein Hemd, einen Schlips und Waschzeug einzupacken."

Ich verließ mein Büro und reservierte einen Flug für halb elf. Meine Frau und ich aßen im Flughafen-Restaurant zu Abend, und gegen ein Uhr früh legte ich mich in meinem Manhattaner Hotelbett aufs Ohr.

Der Sicherheitsdienst des Manhattaner Diamanten-Syndikats war in einer äußerst vornehmen Büro-Suite untergebracht. Gegen elf Uhr sprach ich mit dem leitenden Sicherheitsbeamten, einem eleganten Herrn in maßgeschneidertem Anzug, braungebrannt, mit grauen Schläfen, kurzum, die Filmstar-Version eines leitenden Angestellten.

Aber er war nicht nur attraktiv, sondern auch sehr intelligent. Ich brauchte ihm lediglich zu erklären, daß ich an einem Mordfall arbeitete, der eventuell etwas mit Diamanten zu tun hatte, und er bohrte nicht weiter nach. Als ich ihn fragte, ob seiner Vereinigung ein gewisser Frank Simpson in Springfield bekannt sei, rief er den Namen in die Sprechanlage auf seinem Schreibtisch. Kurz darauf erschien eine hübsche Blondine mit einem Aktenordner.

„Mr. Ash", sagte er. „Es ist sonderbar, daß Sie gerade diesen Simpson erwähnen. Es besteht nämlich in jüngster Zeit größtes Interesse an seinen Geschäften. Mr. Simpson begann seine Karriere als Schleifer an der Diamantenbörse und wurde dann als Händler tätig. Als seine Frau vor acht Jahren starb, gab er das Gehetze hier auf und eröffnete einen Juwelierladen in Springfield."

„Wie kommt es zu dem plötzlichen Interesse an Simpson? Und was meinen Sie mit ‚Gehetze‘? Hat er sich etwa in krumme Geschäfte eingelassen?"

„Nein, nein. Das wollte ich damit nicht sagen. Ich habe den Ausdruck ‚Gehetze‘ gebraucht, weil der Diamantenhandel zu den lukrativsten Geschäften überhaupt zählt. Wer dabei wirklich erfolgreich sein will, der muß spekulieren, und das ist kein gemütlicher Job. Was das plötzliche Interesse an Simpson angeht, er hat kürzlich eine Reihe von Steinen verkauft, die er selbst geschliffen hat und die zu den makellosesten und kostbarsten Stücken gehören, die seit Jahren auf dem Markt sind. Mr. Simpson weigert sich strikt, die Quelle dieser Rohdiamanten zu nennen. Sie haben die höchsten Preise erzielt und sind von unglaublicher Reinheit. Sie kommen nur selten vor und besitzen einen ganz leichten Stich ins Schwarze."

„Könnte es sich nicht um künstliche Steine handeln? Ich meine, gelesen zu haben, daß Diamanten auch im Labor hergestellt werden können."

Er lächelte. „Da haben Sie recht, Mr. Ash. Doch ein, sagen wir, dreikarätiger Diamant würde dreimal so teuer sein wie ein entsprechendes natürliches Exemplar. Mr. Simpson war mehr als verschwiegen, was seine Bezugsquelle angeht. Es sind Gerüchte im Umlauf, er könnte Kontakte zu einer neuen Mine aufgenommen haben."

„Hat man jemals Diamanten in den Vereinigten Staaten gefunden?"

„Ja, vereinzelt. Sie waren jedoch von sehr minderer Qualität. Außerdem gab es eine Mine in Murfrasboro, Arkansas, aber sie wurde vor Jahren stillgelegt."

„Ist so eine Diamantenmine ein großes Unternehmen, zum Beispiel wie eine Kohlenmine? Oder könnte es auch ein Zweimannbetrieb sein?"

Mein Gegenüber schüttelte sein sorgfältig gekämmtes Haupt. „Diamanten werden zwar auch an der Erdoberfläche gefunden, ja sogar in Flußbetten, ähnlich wie Gold. Die großen Diamantenminen jedoch liegen tief unter der Erde und sind so groß wie eine Kohlenmine. Eine richtige Diamantenmine kann also nicht von einem Mann oder zwei Männern betrieben werden."

„Nehmen wir einmal an, Simpson hätte irgendwo in den Staaten eine Diamantenmine gefunden, würde ihn das Diamanten-Syndikat kontaktieren?"

„Auf jeden Fall, sobald er beginnt, Rohsteine in größeren Mengen zu verkaufen. Man hält den Diamantenpreis künstlich hoch, indem man dafür sorgt, daß das Angebot möglichst niedrig bleibt."

„Wenn sich jetzt Simpson aber weigert, an die südafrikanische Gesellschaft zu verkaufen, würde man ihn mit Gewalt dazu zwingen?" fragte ich.

Er schüttelte wieder den Kopf. „Mr. Ash, die Diamanten-

Syndikate machen Riesengeschäfte mit Millionen-Rücklagen. Wenn sie es für notwendig erachten, eine neue Mine in den Griff zu bekommen, dann unterbreiten sie ein derart interessantes Angebot, das kein vernünftiger Geschäftsmann ausschlagen würde. Natürlich gibt es andere Gründe, nicht zu verkaufen. Die Russen zum Beispiel bauen Diamanten ab, und es besteht die Möglichkeit, daß sie eines Tages den Markt überschwemmen – ein politischer Schritt, um Südafrika in den Ruin zu treiben. Bei einem privaten Minenbesitzer jedoch könnte das Syndikat jedes Angebot überbieten. Das ist eine rein geschäftliche Angelegenheit und keine Muskelfrage, zumindest nicht in den Staaten. Natürlich ist die Geschichte des Diamantenhandels eine sehr blutige. Und würde heute ein afrikanischer Eingeborener über eine Mine stolpern und sich weigern, mit dem Syndikat zusammenzuarbeiten, so ist Gewaltanwendung nicht ausgeschlossen. Aber, wie ich schon sagte, nicht in den Staaten – wenn es das ist, worauf Sie hinauswollten.«

»Okay. Jetzt eine andere Frage: Haben die Syndikate Vertreter bei uns?«

»Ja. Es gibt drei Haupt-Syndikate, doch was Preis und Verkaufsmengen angeht, arbeiten sie bei uns wie eine einzige Organisation.«

»Ist Ihnen ein Vertreter namens Carlos bekannt? Ich weiß nicht, ob es sein Vor- oder Familienname ist.«

»Ich habe den Namen noch nie gehört, und ich kenne alle Agenten persönlich. Mr. Ash, lassen Sie mich die Sache so erklären: Hätte dieser Simpson wirklich eine Mine mit diesen außergewöhnlichen Steinen gefunden, was würde er dabei gewinnen, nicht mit dem Syndikat zusammenzuarbeiten? Würde er den Markt überfluten, so würden automatisch auch die Preise sinken. Der Abbau einer solchen Mine bringt enorme Kosten mit sich. Es wäre weitaus bequemer und lukrativer, ein Angebot von, sagen wir, zwei oder drei Millionen anzunehmen. Das würde ihm so manche Kopfschmerzen ersparen."

Er hatte sogar ein Foto von Simpson in seinen Akten. Es war ein fettleibiger Mittvierziger mit einem aufgeschwemmten Gesicht. Ich ließ mir eine Kopie von dem Foto machen, und gegen ein Uhr mittags saß ich bereits wieder im Flugzeug, äußerst zufrieden mit dem Resultat meiner bisherigen Untersuchungen.

Nachdem ich Alice vom Flughafen aus angerufen hatte, fuhr ich direkt zu Daisy Davis' Hotel.

Leo kam mir in der Vorhalle entgegen. „Bill, ich versuche die ganze Zeit, dich zu erreichen. Dein Vogel ist vor einer Stunde ausgeflogen, anscheinend Hals über Kopf."

„Verdammt!"

„Keine Möglichkeit, sie aufzuhalten. Aber unser Telefonist sagt, Mrs. Davis hätte eine halbe Stunde vor Verlassen des Hotels den Busbahnhof angerufen."

Ich nahm ein Taxi zum Busbahnhof und erfuhr, daß der einzige Bus nach Springfield, dem Nachbarort von Eastville, losgefahren war, bevor Daisy das Hotel verließ. Also mußte sie mit ihrem Caddy unterwegs sein. Ich holte meinen Wagen aus der Garage, parkte vor dem Büro, um meinen Revolver zu holen, rief Alice noch einmal an und jagte mit Höchstgeschwindigkeit nach Eastville.

Eastville war im Grunde nichts weiter als ein Straßendorf mit einer Kneipe und einem Supermarkt. Das Haus der Davis' wirkte klein und bescheiden, war aber offensichtlich erst vor kurzem gestrichen und mit neuen Fensterläden versehen worden.

Als Daisy die Tür öffnete, fragte ich, ohne zu grüßen: „Warum sind Sie nicht im Hotel geblieben?"

„Ich hatte keine Kleider zum Wechseln dabei und dachte, es sei unsinnig, neue zu kaufen. Deshalb bin ich schnell heimgefahren, um ein paar Sachen zusammenzupacken. Ich wollte abends wieder im Hotel sein."

„Sie hätten als bestgekleidete Frau auf dem Friedhof landen können. Wenn Sie zurückkommen wollten, warum haben Sie sich dann im Hotel abgemeldet?"

„Das ist die Macht der Gewohnheit. Um das Geld für eine Hotelnacht zu sparen. Haben Sie etwas herausbekommen, Mr. Ash?"

Wenn sie abends wieder im Hotel gewesen wäre, hätte sie nicht einen Cent gespart!

„Wir haben es mit einem Killer zu tun", sagte ich vorwurfsvoll, „möglicherweise sogar einem Verrückten, deshalb..."

„Einem Außerirdischen?"

„Hören Sie auf mit Ihren fliegenden Untertassen! Unser Mörder ist ein Erdenbewohner. Ich werde die Nacht hier verbringen."

„Oh, wirklich? rief sie verdutzt. „Und was sollen die Nachbarn denken?"

„Daisy", antwortete ich verärgert, „was werden die Nachbarn wohl denken, wenn man Sie tot auffindet? Sagen Sie, ich sei Ihr älterer Bruder, Cousin oder sonstwas. Ich bin hungrig und möchte Ihnen verschiedene Fragen stellen. Warum gehen wir nicht in ein Restaurant?"

„Das würde noch mehr Aufsehen erregen. Wir können doch auch hier essen."

Daisy war kein schlechter Koch, und beim Essen fragte ich: „Wie lange ist es her, daß Simpson verschwunden ist?"

„Einen Monat, das heißt, am Tag als Nick ermordet wurde", erwiderte sie.

„Haben Sie der Polizei von Simpson erzählt?"

„Nein. Als ich die Diamanten erwähnte, reagierten sie, als sei ich völlig übergeschnappt. Was hat Simpson mit der Sache zu tun?"

„Das erkläre ich Ihnen morgen. Haben Sie seither von Simpson gehört?"

„Nein."

„Haben Sie eine Idee, wo er sich aufhalten könnte?"

„Nicht die geringste."

„Hat Sie dieser Carlos jemals angerufen?"

„Ich habe nie mit ihm gesprochen."

„Arbeitete Nick allein im Leichenschauhaus?"

„Ja, ganz allein."

„Mit wem hat Nick, außer mit Ihnen und Simpson, sonst noch über die Diamanten gesprochen?"

„Mit niemandem, da bin ich so gut wie sicher. Wollen Sie nicht sagen, was Sie herausgefunden haben, Bill?"

„Morgen früh fahren wir zusammen nach Springfield. Dort muß ich noch ein paar Sachen klären. Dann sage ich Ihnen, wer der Mörder ist."

Wir machten es uns gemütlich und sahen bei ein paar Fläschchen Bier einen Film im Fernsehen.

Um zehn Uhr dreißig gingen wir zu Bett, um elf Uhr klingelte das Telefon. Ich antwortete beim ersten Läuten. Der Apparat stand auf dem Tisch neben meiner Couch. Ich meldete mich mit „Hallo", bekam jedoch keine Antwort. Ich hörte lediglich ein Keuchen am anderen Ende der Leitung. Als ich auflegte, erkannte ich Daisys Silhouette im Türrahmen ihres Schlafzimmers.

„Wer war es, Bill?" fragte sie.

„Ich weiß nicht. Haben Sie irgendeinen Anruf erwartet? Wenn ein Mann antwortet, verstehen Sie..."

Sie schüttelte den Kopf.

„Bekommen Sie öfter Anrufe, bei denen niemand antwortet?"

Sie schüttelte wieder den Kopf. „Gute Nacht, Bill", sagte sie und schloß die Schlafzimmertür.

Ich zog den Stuhl mit meinen Kleidern und dem Schulterhalfter noch näher an meine Couch, legte mich wieder hin und dachte über Daisy nach. Hatte sie mir nicht erklärt, was für einen guten Schlaf sie hat. Angeblich hatte sie erst am Morgen nach der Mordnacht festgestellt, daß ihr Mann nicht heimgekommen war. Und diesmal hatte sie ein einziges

Läuten aufgeweckt!? Die Sache schien so simpel – doch wenn Daisy mit diesem Simpson unter einer Decke steckte, warum hatte sie mich dann angeheuert?

Ich versank in einen unruhigen Schlaf.

Am nächsten Morgen, gleich nach dem Frühstück, fuhren wir nach Springfield, das nur etwa zwanzig Meilen entfernt lag.

Springfield ist eine mittelgroße Provinzstadt mit einem Markt und verschiedenen Einkaufsstraßen. Simpsons Juweliergeschäft war nur ein kleines Lädchen mit einem Stahlgitter vor dem Schaufenster und der Eingangstür. Ich bemerkte ein Handelsmagazin und einen einzelnen Brief hinter dem Gitter. Ich wartete den Briefträger ab, und als dieser zwei weitere Briefe unter das Gitter schob, sprach ich ihn an.

„Wissen Sie, wann Simpson zurückkommt? Ich habe ihm meine Uhr zur Reparatur gegeben?"

„Letzte Woche klebte noch ein Zettel am Fenster, auf dem stand, daß er bald wieder öffnen würde. Der Wind scheint das Blatt weggeweht zu haben."

„Hat er keinen Nachsendeantrag hinterlassen?"

„Nein, warum fragen Sie?"

„Er ist seit einem Monat fort und hat nur so wenig Post bekommen?"

Der Postbote starrte auf die drei Briefe. „Sie haben recht. Daß ich nicht selbst darauf gekommen bin! Neulich lag noch ein ganzer Stapel Post da. Wahrscheinlich ist er vorbeigekommen und hat sie mitgenommen."

„Kennen Sie seine Privatadresse?"

„Natürlich. Er wohnt gleich hier, über dem Laden."

Ich ging zum Wagen zurück und sah zu dem Apartment hinauf. Die beiden Fenster waren geschlossen, die Vorhänge zugezogen. Ich fuhr einmal um den Block. Wenn ich durch die kleine Passage ging und über den Zaun kletterte, würde ich in Simpsons Wohnung gelangen können, doch das war das Risiko nicht wert. Statt dessen hielt ich an einem Schreibwarenladen an, kaufte Papier und einen Briefumschlag und schrieb:

> *Simpson: Habe die Mine gefunden. Muß Sie sofort sehen. Es geht um Schneiden und Schleifen verschiedener Steine.*
>
> *Carlos.*

Ich steckte die Nachricht in den Umschlag und schob ihn unter das Türgitter des Juwelierladens.

Anschließend machten Mrs. Davis und ich einen kurzen Abstecher zu dem Steinbruch, der selbst im Sonnenschein äußerst düster und unheimlich wirkte. Dann fuhren wir wieder nach Hause.

Beim Mittagessen fragte Daisy wie beiläufig:

„Offensichtlich verdächtigen Sie Frank Simpson. Und was ist mit Carlos?"

„Dieser Carlos existiert gar nicht. Ebensowenig wie Ihre fliegenden Untertassen. Ich weiß nicht, wie Nick an diesen Diamanten gekommen ist. Simpson muß geglaubt haben, Ihr

164

Mann sei über eine Diamantenmine gestolpert. Also hat er ihn gefoltert, um den Standort in Erfahrung zu bringen. Wahrscheinlich wird es heute nacht zu einem Stelldichein zwischen mir und Simpson kommen."

„Dann wissen Sie also, wo Simpson sich aufhält?" fragte Daisy neugierig.

„Nein, aber er wird mich finden."

Ich nahm am Wohnzimmerfenster Platz und beobachtete das Treiben auf der Straße. Der Anruf kam am Spätnachmittag. Als Daisy fragte: „Mr. Simpson, wo.." riß ich ihr den Hörer aus der Hand.

„Simpson, hier ist Carlos. Seien Sie morgen früh in Ihrem Laden. Ich habe ein paar Rohdiamanten, die geschliffen werden müssen. Mein Syndikat hat eine Vereinbarung mit Mrs. Davis getroffen." Mit diesen Worten legte ich auf und kehrte zum Fenster zurück.

„Was hat das jetzt wieder zu bedeuten?" fragte Daisy.

„Haben Sie jemals Goldmakrelen gefischt?"

Sie schüttelte den Kopf.

„Eine Goldmakrele ist ein räuberischer, gieriger Fisch. Wenn Sie einen schönen großen Köder nehmen und auf einen hübschen Haken aufspießen, dann wird sich Ihre Makrele so eifrig darauf stürzen, daß sie den Haken mit verschlingt."

„Ich verstehe immer noch nicht, Bill."

Ich zwinkerte ihr zu. „Warum sollte ich Sie in die Geheimnisse eines Privatdetektivs einweihen? Außerdem sind Sie viel zu hübsch, um einen guten Spitzel abzugeben."

„Okay, ich sage nichts mehr. Aber hören Sie auf, mich auf

den Arm zu nehmen!" erwiderte Daisy, die ein wenig rot geworden war.

Ich behielt weiter die Straße im Auge, um zu sehen, ob Simpson versuchen würde, das Haus zu überwachen. Doch ich sah nur die Nachbarn von der Arbeit heimkommen. Ich hoffte inständig, Simpson würde sich heute nacht blicken lassen. Denn ich hatte keine große Lust, eine weitere Nacht in Davis' Haus zu verbringen.

Gegen Abend nahmen Daisy und ich einen leichten Imbiß ein. Danach ging ich ins Badezimmer, überprüfte meinen Revolver und bat Daisy, bei ihren Nachbarn vorbeizuschauen und dort zu bleiben, bis ich zurück war.

Ich schaltete sämtliche Lichter im Haus an, ging zu meinem Wagen und fuhr einmal um den Block, um zu kontrollieren, ob Daisy auch wirklich ihre Nachbarn aufgesucht hatte. Nachdem ich mehr oder weniger sicher sein konnte, daß sie mich nicht angelogen hatte, fuhr ich zum Steinbruch.

Im fahlen Mondlicht wirkte der Ort noch unheimlicher als bei Tage. Aus dem tiefen schwarzen Wasserloch erhob sich, gleich einem Gespenst, ein schroffer, gezackter Fels. Davor eine halbverfallene Baracke, verrostete Teile einer alten Schachtwinde, vereinzelte Bäume und große, findlingsähnliche Steingebilde. Das war alles.

Ich sah mich vorsichtig um, untersuchte jeden Baum und Felsbrocken, schaute auch in den Schuppen und nahm dann vor der Tür Platz und wartete. Ich lauschte in die stille Nacht und beobachtete die Sterne und Bäume. Obwohl ich im Schatten des Mondlichtes saß, fürchtete ich, gesehen zu werden. Ich schlich daher zum Rand des Wasserloches und ließ mich hinter einem großen Felsbrocken nieder. Dort saß ich mit dem Rücken zum Wasser und ließ den Schuppen keinen Augenblick aus den Augen. In meinem neuen Versteck fühlte ich mich sehr viel sicherer. Es mußte etwa eine halbe Stunde verstrichen sein, als ich plötzlich ein leichtes Plätschern hinter mir hörte. Bevor ich mich umschauen konnte, traf mich ein harter, spitzer Gegenstand am Kopf, und ich verlor das Bewußtsein.

Als ich wieder zu mir kam, lag ich auf den Planken des Schuppens. In meinem Kopf hämmerte es wie wild. Ich öffnete vorsichtig die Augen. Vor mir stand Simpson. Er hielt einen großen, schlammbedeckten Stein in der linken Hand, der anscheinend so schwer war, daß er ihn auf dem Boden, direkt neben meinen Füßen, niederlegte. Die 45er jedoch, die er in der rechten Hand hielt, schien nicht zu schwer zu sein. Ohne den Revolver aus den Augen zu lassen, führte ich langsam eine Hand zu meinem Hinterkopf und spürte Blut zwischen meinen Fingern hervorquellen.

Einen Augenblick lang fragte ich mich, ob nicht alles nur ein Traum sei, denn Simpson glich wirklich einem außerirdischen Wesen. Er trug einen schwarzen Taucheranzug, Flossen, Sauerstoffflaschen und eine Gesichtsmaske, die er auf die Stirn zurückgezogen hatte. Sein unter dem Anzug zusammengepreßter Spitzbauch hätte mich in jeder anderen Situation zum Lachen gebracht.

„Nun, Mr. Ash", begann er, „Sie scheinen mir ja ein ganz

besonders schlauer Schnüffler zu sein. Da sitzen Sie also so nett am Wasser, genießen die sternklare Sommernacht und warten, bis ich den Diamanten gefunden habe."

Seine Stimme hörte sich an wie das schrille Kreischen einer Säge. Ich glaubte, mein Kopf müsse zerspringen, und ich hatte größte Mühe, mir über meine finstere Lage klar zu werden. Meine Brieftasche und mein Revolver lagen auf dem Fußboden mehrere Meter von mir entfernt. Simpson schien demnach alles über mich zu wissen.

„Die gute Daisy hat Sie also angeheuert, aber wozu nur, frage ich mich?"

„Um Sie, Nicks Mörder, zu finden", wollte ich schreien, doch meine Stimme versagte.

Simpson fuchtelte mit seiner Pistole in der Luft herum. „Ein Schlag mit dem Ding über Ihren dicken Schädel, und Ihre Zunge wird sich lösen!" brüllte er.

„Um Sie, Nicks Killer, zu finden!" Diesmal sprudelten die Worte nur so aus mir heraus. „Übrigens wußte ich von Anfang an, daß nur Sie der Mörder sein konnten. Carlos zu erfinden, war mehr als naiv."

Während ich in den Lauf des Revolvers starrte, fragte ich mich, wie ich so dreist daherreden konnte.

Der Juwelier zuckte die Achseln. „Ich wollte den Idioten gar nicht unbedingt umbringen. Er besorgte mir die herrlichsten Diamanten, die ich je gesehen habe. Zwar faselte er immer eine Geschichte von fliegenden Untertassen, der ich aber keinen Glauben schenkte. Er hatte seinen großen Stein am Grunde des Wassers versteckt, und irgendwo in diesem

Steinbruch wird auch seine Mine liegen. Das wird der größte Knüller in der Geschichte des Diamanten! Mir bleibt noch viel Zeit zu suchen – nachdem ich Sie erledigt habe, versteht sich."

„Wenn Sie mich abknallen, sitzen Sie selbst in der Falle. Ich habe meiner Sekretärin einen Bericht über Sie hinterlassen, und..."

„Erzählen Sie keine Märchen, Ash. Ich glaube Ihnen doch kein Wort. Ich brauche Ihnen nur ein paar Steinchen an Ihre großen Füße zu binden und Sie ins Wasser zu stoßen. Der Tümpel ist mindestens zwanzig Meter tief, und es schwimmen hungrige Fische darin herum. Sollten Sie jemals an die Oberfläche kommen, sind Sie sowieso nur noch ein Skelett. Was mich selbst angeht, so habe ich ein todsicheres Alibi, das übrigens mit Ihnen überhaupt nichts zu tun hat. Die Umstände arbeiten für mich. Ich..."

„Sie laufen geradewegs in Ihr Verderben, Simpson. Wie Sie wissen, wurde in diesem Bundesstaat die Todesstrafe noch nicht abgeschafft."

„Genug mit dem dummen Geschwätz, Ash. Ich werde Sie jetzt an den Füßen zusammenbinden. Ich nehme an, Sie kennen die Durchschlagskraft einer 45er. Da bleibt nicht viel von Ihnen übrig. Wenn Sie also auf der Stelle krepieren wollen, dann sagen Sie's ruhig; ich besorge das schon."

Er trat unbeholfen mit seinen Flossen auf mich zu und zog mit seiner linken Hand ein schweres, langes Seil hervor. Dann kniete er, noch immer den Revolver auf mich gerichtet, vor mir nieder.

169

„Heb deine dreckigen Füße an, Schnüffler, schön langsam und sachte."

In dem gespenstischen Licht kam mir die 45er größer als eine Kanone vor, und als ich in den Lauf starrte, glaubte ich, die Züge erkennen zu können. Ich hob meine Füße um wenige Zentimeter und biß die Zähne zusammen, um nicht vor Schmerz aufzuschreien. Simpson legte das Seil um meine Fußgelenke und verknotete es mehrere Male mit der linken Hand. Dann erhob er sich, wobei der schwere Gummianzug ein schmatzendes Geräusch von sich gab. Der Juwelier schaute auf mich herab.

„Ich frage mich, ob nicht Sie vielleicht etwas über diese Mine wissen, Ash. Verschwiegen wie Nick war, hat er Daisy den Standort bestimmt nicht verraten. Sie aber, als berufsmäßiger Schnüffler, wissen vielleicht mehr. Ein paar Tritte werden Sie schon zum Sprechen bringen."

„Hören Sie zu, Simpson. Ich bin bereit zu verhandeln. Vergessen wir Daisy. Sie und ich..." Ich begann hastig draufloszureden und setzte mich auf, um mehr Handlungsspielraum zu bekommen. Mein Kopf schien wieder normal zu arbeiten. Ich hoffte auf eine Gelegenheit, Simpson irgendwie zu Fall zu bringen und ihm sein Schießeisen zu entreißen. Wenn ich mich höllisch zusammennahm und meine Reflexe unter Kontrolle brachte, so würde es mir vielleicht gelingen.

Simpson gab ein seltsames glucksendes Kichern von sich. Mit seinem aufgedunsenen Gesicht, das von dem schwarzen Gummiriemen der Tauchermaske eingerahmt war, und seinem irren Lachen, sah Simpson wie der Teufel in Person aus.

170

Plötzlich erstarb sein Kichern, und er brüllte: „Es kommt mir ganz so vor, als wollten Sie mich an der Nase herumführen, Schnüffler. Komischerweise hielt ich mich bisher selbst für einen lammfrommen Menschen, konnte keiner Fliege was zuleide tun. Doch als ich dann versuchte, Nick mit einem kleinen Löteisen zum Sprechen zu bringen, stellte ich fest, daß mir das Foltern richtig Spaß machte. Erstaunlich, aber wahr. Deshalb versuchen Sie nicht, mich zum Narren zu halten. Es gibt nur eine mögliche Verhandlungsbasis. Wenn Sie wissen, wo die Mine ist, dann raus mit der Sprache, solange Sie den Mund noch öffnen können."

„Unsinn, Simpson. Sobald ich Ihnen den Ort verraten habe, darf ich ins Gras beißen." Ich ließ mich zurückfallen. Ich würde ihn sehr viel wirkungsvoller mit meinen zusammengebundenen Füßen niederwerfen können. „Lassen Sie uns vernünftig miteinander reden. Binden Sie mich los, und ich führe Sie zu der Diamantenmine."

„Und wo ist sie? Auf dem Mond?" rief er höhnisch. „Nick mit seinen fliegenden Untertassen, und Sie mit diesem..."

„Binden Sie mich los, und ich zeige Ihnen die Mine. Und zwar bekomme ich einen Anteil von vierzig Prozent, Simpson. Ohne mich werden Sie das Ding nie finden."

„Unsinn, Schnüffler, nichts als reiner Unsinn!" schrie er. „Wenn Sie wüßten, wo die Mine ist, dann hätten Sie mich mit Ihrem albernen Brief gar nicht hierhergelockt!"

„Und wie sonst hätte ich ein Treffen organisieren sollen? Ich habe Ihnen doch schon erklärt, Daisy ist nicht mehr im Spiel. Ich weiß, wo die Mine ist, und Sie wissen, wie man Steine schleift und unter die Leute bringt. Vierzig Prozent für mich und sechzig für Sie. Wenn das kein Angebot ist! Jetzt binden Sie mich los und..."

„Nein! Ich habe schon zuviel Zeit mit Ihnen verschwendet, Schnüffler, viel zuviel. Ich..."

Plötzlich vernahmen wir beide ein summendes Geräusch. Das Innere der Baracke wurde in ein blendend rotes Licht getaucht, und der Geruch von brennendem Sauerstoff breitete sich aus. Durch das zerbrochene Fenster erkannte ich, daß auch draußen alles rot erleuchtet war. In Sekundenschnelle wurde es unerträglich heiß. Simpson fuhr herum und hastete zur Tür. Er hob den Diamanten mit der linken Hand auf und trat ins Freie.

Das Licht wurde immer greller, und ich schloß geblendet die Augen. Dann hörte ich einen kurzen, aber durchdringenden Schrei. Das Licht wurde schwächer, das Geräusch entfernte sich, und es herrschte wieder Totenstille.

Ich beugte mich vor, befreite mich von den Fesseln und sprang auf. Dann stolperte ich zur Tür, las unterwegs meine Brieftasche und meine Pistole auf und rannte nach draußen.

Als ich zum Himmel aufschaute, sah ich einen großen glühendroten Ball zu den Sternen hinaufjagen. Er war an seiner Unterseite mit einem Ring blauer Blinklichter versehen und bewegte sich mit einer derart unglaublichen Geschwindigkeit, daß er innerhalb weniger Sekunden wie ein roter Stern aussah. Dann war er gänzlich verschwunden.

Ich schloß einen Augenblick die Augen und öffnete sie langsam, um sie wieder an das blasse Mondlicht zu gewöhnen. Ich versuchte, Simpson ausfindig zu machen – doch er war verschwunden. Er schien sich in Luft aufgelöst zu haben! Ohne zu wissen warum, kniete ich nieder und tastete den Boden ab. Ich verbrannte mir die Fingerspitzen! Mit einem erstickten Schrei rannte ich zu meinem Wagen. Ich riß die Tür auf und drehte den Zündschlüssel herum. Im ersten Moment wollte der Motor nicht anspringen. War die Batterie verbraucht? Dann, zu meiner unendlichen Erleichterung, leuchteten die Scheinwerfer auf, und der Wagen sprang an. Bis zu Daisys Haus hielt ich das Gaspedal durchgedrückt.

Ich schloß hastig die Haustür auf, stürzte mich als erstes auf die Hausbar und nahm einen kräftigen Schluck aus der Brandyflasche. Doch ich spürte nicht die geringste Wirkung. Meine Nerven waren noch immer gespannt wie Drahtseile.

Daisy eilte herbei. „Bill, was ist los? Sie sind ja weiß wie ein Leinentuch."

„Verdammt", hörte ich eine fremde Stimme murmeln. Es war wohl meine eigene. Dann hatte ich mich wieder in der Gewalt und erzählte in hastigen Worten, was passiert war.

„Ob Sie es glauben oder nicht, es ist wahr! Simpson hat Ihren Mann umgebracht, und das UFO hat ihn mitgenommen!"

„Ich glaube Ihnen", flüsterte Daisy und sah mich mit großen Augen an.

Ich schüttelte den Kopf. „Ich kann es selbst kaum glauben. Aber jetzt ist glücklicherweise alles vorbei. Sie sind gerettet, Daisy. Ich fahre auf der Stelle nach Hause. Autofahren entspannt mich, und ich explodiere, wenn ich nicht irgend etwas tun kann. Morgen geb ich Ihnen den Rest Ihrer tausend Dollar zurück. Ich berechne drei Tage, die New-York-Reise und..."

„Nein," flüsterte sie und strich mir zärtlich über die Wange. „Sie zittern ja, Bill."

„Ich werde mich schon beruhigen."

„Behalten Sie das Geld, Bill. Sie haben Ihr Leben aufs Spiel gesetzt. Und was ist mit der Polizei? Werden Sie erzählen, was passiert ist?"

Ich schüttelte den Kopf und nahm ihre Hand in die meine. „Eigentlich müßte ich es ja melden, doch niemand würde mir glauben. Wenn ich versuchte, denen den Vorfall zu erklären, würden sie mich in die Gummizelle sperren."

„Natürlich. Ich verstehe. Wir werden beide kein Wort über diese Nacht verlieren. Es wäre völlig zwecklos."

„Außer dem von mir mit Carlos unterzeichneten Brief gibt es auch gar keine mögliche Verbindung zwischen uns und Simpson. Und der Brief hat nicht die geringste Bedeutung. Simpsons Kleidungsstücke müssen noch irgendwo in der Nähe des Steinbruchs liegen, doch auch die weisen nicht auf uns. Daisy, sollten Sie doch noch einmal verhört werden, dann sagen Sie einfach, Sie hätten mich eingesetzt, um Nicks Tod aufzuklären. Ich hätte jedoch nichts gefunden und aufgegeben. Schluß, aus."

Sie nickte und begleitete mich stumm zur Tür. Wir verabschiedeten uns mit einem Händedruck. Dann küßte sie mich auf den Mund und flüsterte: „Auch hierüber dürfen wir niemals ein Wort verlieren. Machen Sie's gut, Bill."

174

Als ich wieder in meinem Wagen saß, fuhr ich auf direktem Wege nach Hause. Meine Nerven waren noch immer angespannt, und ich war so hellwach, daß ich zweifelte, jemals wieder schlafen zu können. Vielleicht lauerte ja ein summender, leuchtend roter Alptraum auf mich.

Eine dringende Nachricht

Eigentlich wußten die Sloanes eine ganze Menge über die Martinsons, wenn man bedenkt, daß sie sie persönlich gar nicht kannten. Doch das war nicht verwunderlich, denn schon seit zwölf Jahren besaßen die beiden Familien einen gemeinsamen Telefonanschluß. Sie lebten draußen auf dem Lande, wo die Häuser oft weit verstreut liegen. Dort kann man sich wohl seine Freunde aussuchen, nicht aber den Partner für einen Telefon-Sammelanschluß.

Mr. und Mrs. Sloane hatten zwar bestimmt nicht die Absicht zu lauschen, wenn die Martinsons das Telefon benutzten. Und trotzdem war es schon häufig passiert, daß sie den Hörer abhoben und das eine oder andere von dem mitbekamen, was gerade gesprochen wurde. Manchmal schwätzte Mrs. Martinson eine geschlagene Stunde, ohne Pause. Dann konnte es wohl geschehen, daß auch Mrs. Sloane einmal ein kurzes Gespräch führen wollte. Also nahm sie versuchsweise vier- oder fünfmal den Hörer ab. „Wollen Sie es bitte unterlassen, mein Gespräch zu belauschen!"

pflegte Mrs. Martinson dann wütend zu keifen. Man konnte nämlich beim Telefonieren ganz deutlich hören, wenn der Anschluß-Partner den Hörer abnahm – es sei denn, dieser machte es ganz behutsam.

Und die Sloanes hatten im Laufe der Jahre weiß Gott gelernt, den Hörer geräuschlos abzuheben, ja es war ihnen geradewegs zur Gewohnheit geworden. Sollte man sich vielleicht jedes Mal von dieser gräßlichen Mrs. Martinson anschreien lassen, selbst wenn man ein noch so kurzes Gespräch führen wollte? Schließlich besaß man ja einen Gemeinschaftsanschluß und zahlte dafür.

So kam es, daß Mrs. und Mr. Sloane die Martinsons genau kennen- und verabscheuen lernten. Was für unerquickliche Leute! Sie war ein Drache, gelinde gesagt, und er grob und unhöflich. Das einzige Positive, das die Sloanes über die Martinsons zu sagen wußten: Sie paßten hervorragend zueinander.

Aber eines Tages schien selbst das nicht mehr zu stimmen! Denn als Ed Sloane den Hörer abnahm – wie gewöhnlich ganz vorsichtig – hörte er Mr. Martinson in der Leitung sprechen. „Dann krepiert meine Alte eben. Davon geht die Welt nicht unter. Wir können uns ruhig ausgiebig unterhalten, sie ist in die Stadt gefahren."

„Aber bedenke doch, wie gefährlich das Ganze ist", entgegnete eine weibliche Stimme aufgeregt.

Ed Sloane stockte der Atem.

„Ich geb das Zeug ganz einfach in ihre Suppe. Sie wird nicht das geringste merken."

„Gift bleibt Gift", flüsterte die Frauenstimme.

„Aber nur, wenn jemand Wind davon bekommt. Und das werde ich schon zu verhindern wissen, glaub mir."

„Trotzdem", meinte die Frau, „es ist Mord. Wir sollten gar nicht am Telefon davon sprechen."

„Schon morgen früh", sagte Mr. Martinson, „wird sie eines natürlichen Todes gestorben sein." Er lachte. „Darauf kannst du Gift nehmen."

Mit steifen Fingern, ganz vorsichtig, legte Ed Sloane den Hörer auf. Dann ging er zu seiner Frau in die Küche und nahm, gegen alle Gewohnheit, einen kräftigen Schluck Rum direkt aus der Flasche.

„Um Gottes willen", rief Mrs. Sloane entrüstet. „Was ist denn in dich gefahren?"

„Keine Ahnung", erwiderte er. „Ich weiß nur eines, es ist höchste Zeit. Beim Abendessen wird er es tun."

„Wer wird was tun?" fragte Mrs. Sloane, die sich über das sonderbare Gebaren ihres Mannes wunderte.

Da erzählte Ed Sloane seiner Frau, was er am Telefon belauscht hatte.

„Du mußt auf der Stelle die Polizei benachrichtigen", entschied Betty Sloane.

„Vermutlich."

„Was heißt hier vermutlich? Mir wäre es zwar zugegebenermaßen auch lieber, diese gräßliche Stimme von der Martinson nicht mehr hören zu müssen, aber trotzdem ist es unsere Pflicht..."

„Ja, ja, du hast ja recht. Aber nehmen wir einmal an, das

Gespräch war gar nicht... Also stell dir vor, wir gingen tatsächlich zur Polizei, was wird wohl passieren? Mr. Martinson wird natürlich alles abstreiten. Wir können ja nichts beweisen, es sei denn, sie fänden das Gift, was natürlich höchst unwahrscheinlich ist. Die Martinsons würden behaupten, wir hätten jahrelang ihre Telefongespräche belauscht, ihnen ständig Ärger gemacht und wer weiß, was sonst noch. Wir bekämen die größten Unannehmlichkeiten."

Mrs. Sloane schüttelte den Kopf. „Das mag ja sein", sagte sie mit besorgter Stimme. „Aber wir können doch nicht einfach die Hände in den Schoß legen."

„Also gut, ich ruf die Polizei an", erwiderte Mr. Sloane niedergeschlagen und ging zum Telefon. Diesmal nahm er den Hörer energisch, nicht mit der gewohnten Vorsicht, ab. Doch wie üblich drang die schrille Stimme von Mrs. Martinson an sein Ohr. Sie mußte gerade aus der Stadt zurückgekommen sein und war noch ganz außer Atem.

„Und dann, stell dir vor", keuchte sie. „Moment mal, Dorothy, da ist doch schon wieder jemand in unserer Leitung. Wollen Sie wohl sofort den Hörer auflegen!"

Mr. Sloane räusperte sich. „Mrs. Martinson", begann er. „Hier spricht Mr. Sloane. Ich muß Ihnen etwas Dringendes mitteilen."

„Was Sie nicht sagen!" Mrs. Martinson war sehr aufgebracht. „Das ist wohl die neueste Masche. Würden Sie also bitte die Freundlichkeit besitzen, – da Sie schon dabei sind, meine Privatgespräche zu belauschen, die bekanntlich durch das vierte Nachtragsgesetz der Verfassung der Vereinigten

Staaten geschützt sind, – mir Ihre dringende Nachricht mitzuteilen. "

„Es soll jemand ermordet werden", sagte Sloane.

„Ist das die Möglichkeit", erwiderte Mrs. Martinson ironisch und ahmte seine Stimme nach. „Es soll jemand ermordet werden. Wer denn wohl?"

„Sie. "

„Wie bitte?" kreischte Mrs. Martinson. „Hast du das gehört, Dorothy?"

„Der Mensch muß wohl verrückt sein", sagte Dorothy.

„Aber, Liebste, wenn er sagt, es sei dringend, solltest du dann nicht lieber die Leitung freigeben? Du könntest sonst Schwierigkeiten bekommen. "

„Unsinn, der Kerl täuscht doch nur einen Notfall vor, um mich zu zwingen, den Hörer aufzulegen. Nun, Mr. Sloane, haben Sie noch irgend etwas hinzuzufügen?" Ihre Stimme klang triumphierend.

Mr. Sloane machte einen letzten Versuch. „So hören Sie doch, Mrs. Martinson, und unterbrechen Sie mich nicht. Man will Sie..."

„Raus aus der Leitung!" schrie sie. „Verschwinden Sie auf der Stelle aus meiner Leitung, oder Sie können etwas erleben..."

Ganz behutsam legte Mr. Sloane den Hörer auf die Gabel. Seine Frau kam aus der Küche herbeigeeilt.

„Nun, was war?" fragte sie.

„Mehr, als wir getan haben, können wir nicht tun", erwiderte er und hob, scheinbar resigniert, die Schultern. „Ich hab wirklich alles versucht."

Seine Augen bekamen plötzlich einen sonderbaren Ausdruck.

„Wie lange haben wir jetzt schon den gemeinsamen Anschluß?" fragte er.

„Zwölf Jahre, das ist eine verdammt lange Zeit. Und was gibt's heute zu essen?"

Titel der amerikanischen Originalausgabe:
ALFRED HITCHCOCK'S ROLLING GRAVESTONES
© 1971 H.S.D. Publications, Inc.
erschienen bei Dell Publishing Co., Inc., New York
Übersetzung: Bettina Runge
Umschlaggestaltung: Regina Bürger, unter Verwendung
einer Illustration von Herbert Horn
Lektorat: Corinna Weise
Bestellnummer: 8245
Deutsche Ausgabe: © 1982 Franz Schneider Verlag GmbH & Co. KG
München – Wien – Hollywood/Florida USA
ISBN 3 505 08245 7

Weitere spannende Bücher von Alfred Hitchcock
sind in Vorbereitung

Maggie Drummond erwachte durch die Unruhe, die sich plötzlich unter den Tieren ausgebreitet hatte. Sie schlüpfte leise aus dem Bett, um ihren Mann nicht zu wecken, der gleichmäßig atmend neben ihr lag. Sie zog eine Jacke über den Pyjama und stieg die Treppe hinunter. An der Tür blieb sie noch einmal stehen und lauschte in die Dunkelheit. Irgend etwas hatte die Tiere erregt, vielleicht ein Landstreicher oder ein fremdes Tier. Deshalb brauchte sie Jack nicht aufzuwekken, mit so etwas war sie früher auch schon fertig geworden. An der Türe schlüpfte sie in ein Paar lehmverschmierte Stiefel. Sie schloß die Jacke bis zum Hals, um sich vor der Kühle des Maimorgens zu schützen und trat durch die Tür. Doch dann kehrte sie noch einmal um und holte aus der Schreibtischschublade vorsorglich die kleine 22er Automatik. Diese Waffe ließ sich gut in der Jackentasche verstauen und reichte aus, um herumstreunende Halbstarke zu verjagen.

Nachdem sie die Tür nur leicht angelehnt hatte, machte sie sich den Hügel hinunter auf den Weg und überquerte die Gleise vor dem Zoologischen Garten. Sie kannte den Weg schon wie im Schlaf. Obwohl es noch eine Stunde vor Sonnenaufgang war, schien der Mond so hell, daß sie keine Schwierigkeiten hatte, sich im Gelände zu orientieren. Als sie die ersten Freigehege und Käfige erreichte, hatten sich die Tiere schon etwas beruhigt, aber es herrschte noch eine allgemeine Nervosität und Unruhe. Dieses helle Mondlicht erinnerte sie an die zahllosen Nächte, die sie mit Jack auf Safari in Afrika verbracht hatte. Sie sah sich im Geist mit ihm im Versteck an einer Tränke oder einer Falle lauern.

Es gab keine Anzeichen dafür, daß sich ein fremder Eindringling auf dem Gelände aufhielt, und sie hatte eigentlich auch nicht damit gerechnet. Seit die Stadt einen hohen Zaun um den Zoo spendiert hatte und man das Tor bei Einbruch der Dunkelheit abschließen konnte, hatte der gedankenlose Vandalismus einiger junger Leute so gut wie aufgehört. Noch vor einem Jahr waren auf diese Weise drei junge afrikanische Hirsche umgekommen.

Aber irgend etwas mußte die Tiere immer noch erregen.

Sie trat an das Freigehege der Tiger und beugte sich über das Sicherheitsgeländer. Von Rolf war von hier aus nichts zu sehen, vielleicht lag er in seinem Verschlag und schlief. Normalerweise hatte er die Ruhe weg und ließ sich von nächtlichen Geräuschen nicht stören. Ihr fiel ein, daß sie vor neun Jahren in Indien einen Tiger gefangen hatten, der große Ähnlichkeit mit Rolf besaß. Sie hatte damals Todesangst ausgestanden, als ein zweites Exemplar aus der Dunkelheit hinter ihr auftauchte. Jack rettete damals ihr Leben mit einem blitzschnellen Schuß. Seitdem glaubte sie, daß sie einmal durch einen Tiger sterben würde, der sie von hinten anfiele.

Leopold überquerte den Schienenstrang und steuerte auf die Veranda des zweistöckigen weißen Hauses zu, das dem Zoodirektor zur Verfügung stand. Bevor er noch auf die Klingel drücken konnte, öffnete sich die Eingangstür, und ein jugendlich aussehender Brillenträger begrüßte ihn.

„Ich bin Sam Lang, ein Freund der Familie. Kann ich Ihnen behilflich sein?"

„Captain Leopold von der Mordkommission. Ich würde gerne mit Mr. Drummond sprechen."

„Aber selbstverständlich." Lang führte ihn in das stille Haus. Jack Drummond saß am Küchentisch und starrte in ein halbvolles Whiskyglas.

Leopold stellte sich vor und drückte sein Beileid aus.

Jack Drummond löste für kurze Zeit seinen Blick von dem Glas und sagte mit schleppender Stimme: „Es war kein Unfall, man hat sie umgebracht."

„Natürlich untersuchen wir auch diese Möglichkeit", sagte Leopold.

„Im letzten Sommer wurden ein paar Hirsche getötet, ehe man den Zaun anbrachte. Es waren ein paar Halbwüchsige, sie kamen mitten in der Nacht und warfen Steine nach den Tieren."

Leopold räusperte sich. „War Ihre Frau Schlafwandlerin, Mr. Drummond?"

„Nein, nie. Und selbst wenn sie aus Versehen in das Freigehege gestürzt wäre, der Rolf hätte ihr nie etwas getan."

„Hat man den Tiger getötet?"

„Ich ... nein, ich würde das nie zulassen. Ich habe ihn mit einer Beruhigungsspritze zum Schlafen gebracht."

„Sehr human von Ihnen", sagte Leopold, „aber man weiß doch, daß wilde Tiere unberechenbar sind. Dieser Tiger Rolf könnte doch ..."

„Nein, niemals. Ich habe oft zugesehen, wenn Maggie mit ihm während der Fütterung spielte. Er ist ein großes Baby."

„Wie kam es, daß sie in der Nacht da runter gegangen ist?"

„Sie hat das öfter gemacht, wenn die Tiere unruhig waren. Und seit die Hirsche im letzten Sommer umgebracht wurden, besaß sie eine Pistole, die sie im Schreibtisch unweit der Tür aufbewahrte. Wenn einer von uns während der Nacht nach unten ging, nahm der die Pistole mit."

„Es ist gewiß keine typische Frauenarbeit. Warum hat sie Sie nicht aufgeweckt, als die Tiere unruhig wurden?"

Drummond seufzte, nahm seine Brille ab, putzte sie und legte sie vor sich auf den Tisch.

Sam Lang antwortete für ihn. „Maggie war absolut furchtlos, Captain. Jack erzählte oft von gemeinsamen Abenteuern in Afrika und Indien. Ohne mit der Wimper zu zucken, trat sie beispielsweise einem angreifenden Elefanten entgegen. Im Vergleich dazu war der nächtliche Ausflug zu den Tieren für sie eine Kleinigkeit."

„Und Sie glauben, daß jemand dort auf sie gelauert hat?"

„Ihr ganz privater Tiger", murmelte Drummond.

Spannende Krimis
von Alfred Hitchcock:

HABE ICH		WÜNSCHE ICH MIR
	Es ist hingerichtet (Krimi-Knüller Band 1)	
	Nicht die kleinste Spur (Krimi-Knüller Band 2)	
	Augenfarbe: giftgrün (Krimi-Knüller Band 3)	
	Ein teuflischer Drink (Krimi-Knüller Band 4)	
	Ein Hauch von Gift (Krimi-Knüller Band 5)	
	Einspruch, Euer Ehren (Krimi-Knüller Band 6)	
	Irren ist mörderisch (Krimi-Knüller Band 7)	
	Als Taschenbuch:	
	Heiße Kriminalgeschichten	
	Band 1: **Ein todsicheres Alibi** (Nr. 303)	
	Band 2: **In der Schlinge** (Nr. 315)	
	Band 3: **Nur ein bißchen Arsen** (Nr. 316)	
	Band 4: **Ein Gentleman in Schwierigkeiten** (Nr. 327)	
	Band 5: **Gute Zeugen sterben aus** (Nr. 346)	
	Band 6: **Ein Wort zuviel kann tödlich sein** (Nr. 347)	
	Als Sammelband:	
	Heiße Kriminalgeschichten	
	Schlaflose Nächte	
	Gift hat keine Kalorien	

Deine Wunschliste bitte hier ausschneiden.

PATRICIA WENTWORTH

Rache in Cliff Edge

In Cliff Edge, dem alten Haus auf den Klippen, haben sich Sommergäste eingefunden. Sie freuen sich auf unbeschwerte Tage. Da stört der skrupellose Erpresser Alan Field die traute Runde. Er verbreitet Angst und Schrecken, durch Dinge, die keiner der Anwesenden wahrhaben will. Jeder von ihnen hat ein Motiv – das Motiv für einen Mord ... Ein Fall für Miss Silver – die strickende alte Dame mit der verblüffenden Kombinationsgabe.

Das Besondere dieses Buches:
Patricia Wentworth gilt als Nachfolgerin von Agatha Christie. Mit psychologischer Beobachtungsgabe schildert sie die zwanghafte Entwicklung von der Erpressung zum Mord. Spannend von der ersten Seite bis zum überraschenden Schluß.

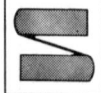 **Schneider-Buch**